書下ろし

にわか芝居

素浪人稼業⑪

藤井邦夫

祥伝社文庫

目次

入谷鬼子母神
吉原
浅草寺
新鳥越町
花川戸
長命寺
向島
源森川
駒形鰻
吾妻橋
中ノ郷瓦町
蔵前
亀沢町
新シ橋
柳橋
回向院
両国橋
竪川
隅田川
十三屋
日本橋
高砂町
小名木川
八丁堀
深川

「にわか芝居　素浪人稼業」の舞台

第一話　横恋慕《よこれんぼ》

一

地蔵の頭は眩《まぶ》しく光り輝いていた。

矢吹平八郎《やぶきへいはちろう》は、目鼻の丸くなった地蔵《じぞう》に手を合わせ、光り輝く頭をさっと一撫《ひとな》でして長屋の木戸を出た。


口入屋の万吉《まんきち》は、平八郎に櫛問屋《くしどんや》『十三屋《とさや》』の番頭の由蔵《よしぞう》を引き合わせた。

「十三屋の番頭の由蔵にございます」

櫛問屋『十三屋』の屋号は、〝櫛〟の〝くし〟が〝九と四〟であり、足して〝十三〟となる処《ところ》から来ている。

「矢吹平八郎です。して、仕事は何ですか」

「はい。不忍池《しのばずのいけ》の畔《ほとり》に葉月《はづき》と云《い》う料理屋がありまして、そこに通いの仲居をしているおふみと申す方をちょいと調べてみては戴《いただ》けないでしょうか……」

由蔵は、微《かす》かな吐息を洩《も》らしながら頼んだ。

「葉月と云う料理屋で通いの仲居のおふみですか……」

「はい」

由蔵は頷《うなず》いた。

「そのおふみ、何かしたのですか……」

平八郎は眉《まゆ》をひそめた。

「いいえ。何もしていません」

「じゃあ何故……」

平八郎は戸惑《とまど》った。

「それなのですが、手前どもの主の利兵衛《りへえ》が見初《みそ》めましてね」

由蔵は、微かな困惑を過《よぎ》らせた。

「旦那が見初めた……」

「はい。手前どもの主の利兵衛は、三年前にお内儀《かみ》さんを亡くした男やもめ。誰を見初めても構わないのですが……」

「おふみに惚《ほ》れましたか……」

「ええ。それで、おふみさんの人柄と詳しい素性、親類縁者に厄介《やっかい》な者はいないかなどを調べて欲しいのですが……」

由蔵は、平八郎を見詰めた。

「で、この事、旦那の利兵衛さんは……」

「勿論《もちろん》、旦那さまの指図にございます」

由蔵は頷いた。

女一人の人柄と素性を調べるのは、造作もない事だ。

「平八郎さん、給金は一日三百文、一応三日の日切りで九百文だよ」

万吉は告《つ》げた。

「三日で九百文か……」

命《いのち》懸《が》けの仕事でもなければ、手間暇《てまひま》の掛かる人捜しでもない。名や奉公先の知れている料理屋の通いの仲居の人柄と素性を調べるだけだ。

ま、一日三百文、三日で九百文は順当な処か……。

平八郎は、お地蔵長屋の店賃が月六百文なのを思い出した。

「よし。引き受けた」

平八郎は頷いた。

「ありがとうございます」

由蔵は頭を下げた。

「決まりましたね」

万吉は笑った。

「で、おふみの家は何処《どこ》かな……」

平八郎は尋《たず》ねた。

「さあ、家は存じません」

由蔵は首を捻《ひね》った。

「分からないか……」

「はい」

由蔵は頷いた。

「そうか。まあ、いい……」

調べる手立ては幾《いく》らでもある……。

平八郎は、櫛問屋『十三屋』の主の利兵衛が見初めた料理屋『葉月』の仲居おふみの人柄と素性を調べる仕事を引き受けた。

平八郎は、明神下《みようじんした》の通りにある一膳飯屋で遅い朝飯を食べ、不忍池に向かった。

不忍池は静けさに包まれ、畔を散策する人が僅《わず》かにいた。

平八郎は、池之端《いけのはた》を進んで料理屋『葉月』を眺《なが》めた。

料理屋『葉月』は、畔から林を僅かに入った処にあった。

平八郎は、料理屋『葉月』を窺《うかが》った。

板塀で囲まれた料理屋『葉月』は、下足番の老爺が表の掃除をしていた。

平八郎は、料理屋『葉月』の脇の道を通って裏に廻った。

板塀の廻された裏には勝手口があり、奉公人や商人が出入りをしていた。

平八郎は、出入りの商人の中におふみを知っている者を捜した。

「ええ。おふみさんなら知っていますよ」

楊枝《ようじ》売りは、売り歩いている楊枝を入れた木箱を背負《せお》っていた。

「そうか、おふみを知っているか……」

平八郎は、おふみを知っている者を漸《ようや》く見付けた。

「ええ。おふみさんが何か……」

楊枝売りは戸惑った。

「そいつなんだが、葉月の馴染《なじみ》客の旦那がおふみを見初めてな。どんな人かちょいと調べてくれと頼まれてね」

「そいつは目出度《めでた》いお話ですね」

「ああ。で、おふみの家、何処か知っているかな……」

「確か、妻恋町《つまごいちょう》の梅《うめ》の木《き》長屋だと聞いた覚えがありますよ」

「妻恋町の梅の木長屋か……」

「ま、本当かどうかは分かりませんがね」

楊枝売りは苦笑した。

「そうか……」

おふみが、本当に妻恋町の梅の木長屋に住んでいるかは定かではない。だが、訪ねてみる必要はある。

東叡山寛永寺《とうえいざんかんえいじ》の鐘が午《うま》の刻九つ（正午）を告げた。

陽は未《ま》だ高く、妻恋町は不忍池の畔から遠くはない。

「造作を掛けたな」

平八郎は、楊枝売りと別れて妻恋町に行ってみる事にした。

妻恋町には物売りの声が長閑《のどか》に響いていた。

平八郎は、妻恋町の木戸番屋を訪れて梅の木長屋の場所を尋ねた。

「梅の木長屋ですかい……」

木戸番は聞き返した。

「うん。知っているかな……」

「そりゃあもう。毎日、妻恋町の隅《すみ》から隅迄《まで》見廻っているからね」

木戸番は苦笑した。

「梅の木長屋、近いのかな」

「此《こ》の先の辻を左に進んで、次の裏通りにあるよ」

「辻を左に進んで次の裏通りか……」

「ああ。梅の木長屋の誰を訪ねるんだい」

「う、うん。おふみって女の人だが……」

「ああ。おふみさんか……」

「知っているか……」

「うん。お侍、おふみさんに用かい……」

「おふみ、どんな人だ……」

「どんなって、穏やかで親切な人だよ」

「ほう。歳は幾つぐらいかな」

「二十七、八って処ですかね。器量好《よ》しですよ」

「穏やかな器量好しか……」

櫛問屋『十三屋』の主の利兵衛が見初めたのは、二十七、八歳ぐらいの物静かで親切な女だった。

平八郎は、木戸番に礼を云って梅の木長屋に向かった。


梅の木長屋の木戸には、長屋の呼び名の謂《いわ》れとなった梅の古木があった。

平八郎は、木戸から梅の木長屋を眺めた。

昼下がりの長屋には、赤ん坊の泣き声が洩れていた。

おふみの家は梅の木長屋の一番奥だ。

平八郎は、木戸番に聞いた一番奥の家を眺めた。

一番奥の家の腰高障子《こしだかしょうじ》が開き、二十七、八歳程のほっそりした身体つきの女が出て来た。

平八郎は、咄嗟《とっさ》に木戸の陰に隠れた。

女は、井戸端で米を研《と》ぎ始めた。

おふみか……。

平八郎は、井戸端で米を研ぐ女をおふみだと見定めた。

赤ん坊を負ぶったおかみさんが、手前の家から汚れたお襁褓《むつ》などを持って出て来た。

「あら、おふみさん、晩御飯の仕度《したく》かい……」

赤ん坊を負ぶったおかみさんは、井戸端で洗濯《せんたく》を始めた。

「ええ。御飯だけは炊《た》いておかなきゃあね」

おふみは微笑《ほほえ》んだ。

「大変だね」

「いいえ。あら、まあ、良い子だねえ、おきよちゃんは……」

おふみは、おかみさんの背中の赤ん坊を優しくあやした。

「じゃあ……」

おふみは、研いだ米を持って一番奥の家に向かった。

平八郎は、おふみが評判通りの器量好しで穏やかな女なのを知った。

櫛問屋『十三屋』の主の利兵衛が、後添《のちぞ》いに見初めたのは当然なのかもしれない。

平八郎は、見張りを続けた。

寛永寺の鐘が、未《ひつじ》の刻八つ（午後二時）を伝えた。

おふみが、一番奥の家から出て来た。そして、足早に出掛けて行った。

料理屋『葉月』に行くのか……。

平八郎は、木戸の陰から出ておふみを追った。


妻恋坂に人影はなかった。

妻恋町を出たおふみは、妻恋坂を下って明神下の通りに向かった。

明神下の通りから不忍池に行く……。

平八郎は、おふみの道筋を読んだ。

おふみは、平八郎の読みの通りの道筋で不忍池の畔に出た。その足取りは、屈託《くったく》のない軽やかなものだった。

妙な処はない……。

平八郎は、おふみに何の不審も抱かなかった。

おふみは、不忍池の畔を進んで料理屋『葉月』の脇の道を進んで裏に廻った。

裏の勝手口から料理屋『葉月』に入る……。

平八郎は睨《にら》んだ。

おふみは、これから料理屋『葉月』の仲居として働く。

平八郎は、その間にやる事を考えた。

おふみの人柄は、それなりに分かった。

次は詳しい素性と厄介な縁者がいるかどうかだ。だが、一介の素浪人には、中々面倒な探索でもある。

さあてどうする……。

平八郎は、不忍池を眩しげに眺めた。

不忍池は煌《きら》めいた。

「平八郎さん……」

長次《ちょうじ》が、不忍池の畔をやって来た。

「やあ、長次さん……」

平八郎は顔を輝かせた。

長次は、岡っ引の駒形《こまがた》の伊佐吉《いさきち》の手先として働いている老練な男だった。

「葉月ですか……」

長次は、料理屋『葉月』を眺めた。それは、平八郎が何をしているか知っていると云う事だった。

「狸親父《たぬきおやじ》に聞きましたか……」

狸親父とは、平八郎が付けた口入屋の万吉の渾名《あだな》だ。

平八郎は、長次が口入屋の万吉に聞いて料理屋『葉月』に来たと睨んだ。

「ええ。平八郎さんがお留守《るす》だったので寄ったら、万吉さん、教えてくれましたよ」

長次は苦笑した。

「やっぱりね。で、捕物ですか……」

長次や伊佐吉は、平八郎に捕物の助っ人《すけと》を頼む事があった。

「いえ。此処《ここ》の処、探索や捕物がありませんでしてね。で、久し振りに平八郎さんと一杯やろうと思って……」

長次は苦笑した。

「じゃあ、暇なんですか……」

「お手伝いしますか……」

「助かります」

平八郎は頭を下げた。

妻恋町の自身番は、平八郎の訪れた木戸番屋の向かい側にある。

長次は、自身番を訪れて店番に梅の木長屋のおふみについて尋ねた。

「梅の木長屋のおふみさんかい……」

「ええ……」

長次は頷いた。

店番は、町内の名簿を出して梅の木長屋のおふみを捜した。

「ああ、あったよ……」

「おふみさん、いつから梅の木長屋で暮らしているんですかい」

「二年前、鳥越《とりごえ》明神裏の元鳥越町の勘助《かんすけ》長屋から越して来ているね」

店番は、町内の名簿を見ながら告げた。

「元鳥越町の勘助長屋ですか……」

「うん……」

「で、おふみさん、一人暮らしですよね」

「ああ。そう云えば、長患《ながわずら》いのおっ母さんが亡くなったんで、越して来たって聞いた覚えがあったな」

「そうですか……」

おふみは、長患いの母親を勘助長屋で看取《みと》り、妻恋町の梅の木長屋に一人で越して来ていた。

「親類にどんな人がいるかは……」

「さあ、そこ迄は分からないな」

店番は首を捻った。

「じゃあ、請人《うけにん》は何方《どちら》ですかい……」

「請人ねえ……」

店番は、再び町内の名簿を見た。

「元鳥越町の勘助長屋の大家さんが請人になっているね」

「そうですか、いや、御造作をお掛けしました」

長次は、店番に礼を云って自身番を出た。

元鳥越町の勘助長屋の大家は、おふみの親類縁者を知っているかもしれない。

長次は、元鳥越町に向かった。

不忍池は夕陽に煌めいた。

料理屋『葉月』には客が訪れ始めた。

平八郎は見張り続けた。

おふみは、女将《おかみ》や朋輩《ほうばい》の仲居と客を出迎えたりしていた。

平八郎は、おふみを見守った。

おふみは、穏やかに微笑み、朋輩と楽しげに言葉を交《か》わして明るく振る舞っていた。

奉公先や朋輩との拘《かか》わりは、決して悪くはない。

平八郎は読んだ。

おふみは、穏やかで明るく、仕事振りも真面目《まじめ》なのだ。

平八郎は、おふみの人柄を見定めた。


元鳥越町の勘助長屋は、鳥越神社の裏手にあった。

長次は、勘助長屋の大家を訪ねた。

「ああ。おふみちゃんかい……」

「覚えていますか……」

「そりゃあ、未だ二年前の事だからね」

「おふみさん、勘助長屋で長患いのおっ母さんの看病をしていたんですってね」

「ああ。昼は米問屋の下働きをし、夜は家で内職をしてね。そりゃあもう一生懸命だったよ。でも、おっ母さんが亡くなってねえ。それでおふみちゃん、勘助長屋には辛い思い出が多すぎるからと、妻恋町に越すと決めてね。で、私が請人になったんだよ」

「おふみさん、大家さんの他に請人になるような親類縁者はいなかったんですかい」

「親類縁者……」

大家は戸惑った。

「ええ……」

「おふみちゃん、十年ぐらい前、おっ母さんと二人で勘助長屋に越して来てね。それから親類縁者ってのは一度も訪ねて来なかったし、いなかったんじゃあないのかな。だから、私に請人になってくれと頼んだと思うよ」

「じゃあ、親類縁者はいなかった……」

長次は念を押した。

「ああ。きっとな……」

大家は頷いた。

おふみに面倒な親類縁者はいない……。

長次は読んだ。

「処で大家さん、おふみさんの父親はどんな人なのか御存知ですかい」

長次は、おふみの素性を探ろうとした。

「浪人だったと聞いているが、随分前に亡くなったそうで詳しい事は分からないな……」

大家は眉をひそめた。

おふみは浪人の娘であり、その父親は既《すで》に死んでいる……。

長次は、おふみの素性がはっきりしないのを知った。

鳥越神社は夕闇に覆《おお》われた。

料理屋『葉月』の軒行燈《のきあんどん》は、仄《ほの》かに辺《あた》りを照らしていた。

平八郎は、おふみの動きを見張った。

料理屋『葉月』には客が出入りし、女将や仲居たちが出迎えたり、見送ったりしていた。

仲居の中にはおふみもいた。

平八郎は見守った。

「平八郎さん……」

長次が、平八郎の許《もと》にやって来た。

「長次さん……」

「おふみ、いますか……」

長次は、平八郎を遮《さえぎ》るように帰る客を見送る女将やおふみたち仲居を示した。

「ええ。一番端にいる仲居です」

平八郎は、おふみを示した。

「あの仲居がおふみですか……」

長次は、おふみを見詰めた。

「はい……」

平八郎は頷いた。

「で、おふみに面倒な親類縁者はいないようですよ」

長次は、妻恋町の自身番から元鳥越町の勘助長屋に行き、大家と逢《あ》って聞いた話を平八郎に告げた。

おふみに面倒な親類縁者がいる様子はなく、浪人の娘だと云うぐらいで素性ははっきりしない。

「そうですか……」

平八郎は頷いた。
下足番の老爺が軒行燈の火を消し、暖簾《のれん》を仕舞った。
料理屋『葉月』は、その日の商売を終えた。

おふみは、通い慣れた夜道を足早に進んだ。
平八郎と長次は、妻恋町の梅の木長屋に帰るおふみを追った。
おふみは、梅の木長屋の木戸を潜《くぐ》って一番奥の家に向かった。
平八郎と長次は、木戸から一番奥の家に入るおふみを見守った。
「あれ……」
平八郎は眉をひそめた。
おふみの家には明かりが灯《とも》されていた。

二

誰もいない筈《はず》のおふみの家には、明かりが灯されていたのだ。
平八郎は、思わず声をあげて眉をひそめた。

「平八郎さん……」

長次は、戸惑いを浮かべた。

「ええ。おふみ、一人暮らしだと思っていたんですが……」

平八郎は、明かりの灯されていたおふみの家を見詰めた。

誰かが、おふみの帰って来るのを明かりを灯して待っていたのだ。

おふみは一人暮らしではない……。

両親が亡くなり、兄弟もいない筈のおふみが、誰と暮らしていると云うのだ。

平八郎は困惑した。

「男ですかね……」

長次は、小さな笑みを浮かべた。

「さあ……」

平八郎は首を捻った。

おふみは、二十七、八歳で器量や気立ても良く、櫛問屋の旦那も見初めた女だ。

男がいても何の不思議もない……。

平八郎は、おふみの家の小窓から洩れている明かりを見詰めた。

おふみが料理屋『葉月』に出掛ける前に飯を炊いていたのは、家に明かりを灯していた者の為《ため》だったのだ。

平八郎は思い出した。

「平八郎さん、いずれにしろ今夜はこれ迄ですぜ」

長次は、おふみたちは動かないと睨んだ。

「ええ……」

平八郎は、長次の睨みに頷いた。

・

神田《かんだ》明神門前の居酒屋『花《はな》や』は客も帰り始め、店仕舞いの時が近付いていた。

「邪魔をする」

平八郎は、長次と一緒に店に入って来た。

「いらっしゃい。遅いんですね」

女将のおりんが、平八郎と長次を迎えた。

「うん。仕事でな。酒とちょいと腹に溜《たま》る物を頼む」

「はい。長次さん、どうぞ……」

おりんは、平八郎と長次を入れ込みに案内し、板場に入って行った。

「出掛ける前に飯を炊いていましたか……」

「うん。今になって思うと、明かりを灯して待っていた者の為だったんですよ」

平八郎は、気付かなかった己《おのれ》に苦笑した。

「きっとね……」

長次は頷いた。

「お待たせしました」

おりんが、酒と野菜の煮染《にしめ》を持って来た。

「おう……」

「さあ、どうぞ……」

おりんは、平八郎と長次に酌《しやく》をした。

平八郎と長次は、酒を飲みながら野菜の煮染を食べ始めた。

「女将さん、勘定《かんじよう》だ」

二人連れの職人が、おりんに声を掛けた。

「はい……」

おりんは、帳場に向かった。

平八郎と長次は、手酌で酒を飲んだ。

「やっぱり男でしょうね……」

平八郎は、猪口《ちょこ》に満たした酒を飲んだ。

「となりゃあこの一件、櫛問屋十三屋の旦那の横恋慕になりますか……」

長次は苦笑した。

「ですよね……」

「ま、そいつはおふみを待っていたのが誰か見定めてからですよ」

長次は、手酌で酒を飲んだ。

「そうですね」

平八郎は頷き、猪口の酒を飲み干《ほ》した。


梅の木長屋は忙しい朝を迎えていた。

亭主たちは、おかみさんや子供に見送られて仕事に出掛けて行く。

平八郎は、木戸の陰から見守った。

おふみの家の腰高障子が開き、背の高い人足姿の男が出て来た。

男だ……。

昨夜、明かりを灯しておふみの帰りを待っていたのは、やはり男だったのだ。

平八郎は見定めた。

人足姿の男は、おふみに渡された握り飯の包みを腰に結び付けて出掛けて行った。

おふみは見送り、家に戻った。

平八郎は、木戸の陰から出て人足姿の男を追った。


神田川は朝陽に煌めき、様々な荷船が行き交っていた。

人足姿の男は、妻恋町から湯島《ゆしま》聖堂脇を抜けて神田川沿いの道に出た。そして、水《すい》道橋《どうばし》に向かった。

平八郎は尾行《つけ》た。

人足姿の男は、背筋を伸ばして落ち着いた足取りで進んでいた。

平八郎は、その足取りに微かな違和感を覚えた。

只《ただ》の人足ではない……。

平八郎は睨み、一定の距離を保って慎重に尾行た。

人足姿の男は、水道橋から小石川御門《こいしかわごもん》前を抜け、江戸川《えどがわ》との合流地に架《か》かっている船河原橋《ふなかわらばし》を渡った。やがて、神田川の上流に何隻《せき》もの荷船が泊まっているのが見え、奥に牛込《うしごめ》御門が窺《うかが》えた。

何隻もの荷船は、牛込揚場《あげば》町《ちょう》の船着場に泊まっているのだ。

人足姿の男は足を速め、揚場人足が屯《たむろ》している問屋場の『三州屋《さんしゅうや》』に入っていった。
平八郎は、人足姿の男が揚場人足だと見定めた。
荷船は次々と船着場にやって来た。
大勢の人足たちは、次々とやって来る荷船から様々な荷を降ろした。
人足姿の男は、他の人足たちと共に働いた。
源《げん》さん……。
人足姿の男は、他の人足たちにそう呼ばれていた。
源助《げんすけ》、源吉《げんきち》、源平《げんぺい》、源之助《げんのすけ》、源一郎《げんいちろう》……。
〃源〃の字の付く名前は幾らでもある。
いずれにしろ、平八郎は人足姿の男が〃源さん〃だと知った。
源さんは、力強く機敏《きびん》に荷下ろしをしていた。
平八郎は、真面目に働く源さんを見守った。
源さんは、此処で人足働きをして梅の木長屋に帰る。その時、おふみは飯を炊いて
不忍池の畔の料理屋『葉月』に出掛けている。源さんは、炊いて置いてくれた飯で夕

食を済ませて、おふみの帰りを待つ。
平八郎は、おふみと源さんの毎日の暮らしを思い描いた。
そこには、慎《つつ》ましく真面目に暮らしている男と女がいた。
人柄や素性がどうであれ、おふみには男がおり、幸せに暮らしているのだ。
櫛問屋『十三屋』の主の利兵衛が、如何《いか》に見初めたとしても諦《あきら》めるしかない。
これ迄だ……。
平八郎は見定めた。
日本橋の通りは賑《にぎ》わっていた。
平八郎は室町《むろまち》三丁目の浮世《うきよ》小路に入り、瀬戸物町《せとものちょう》に向かった。
櫛問屋『十三屋』は、瀬戸物町の西堀留川《にしほりどめがわ》の堀留の傍にあった。
平八郎は、櫛問屋『十三屋』の揺れる暖簾を潜った。
「邪魔をする……」
「おいでなさいまし……」
手代は、浪人の平八郎に怪訝《けげん》な眼を向けた。

「番頭の由蔵さんはいるかな……」

平八郎は苦笑した。

櫛問屋『十三屋』の座敷は静けさに包まれていた。

平八郎は、出された茶をすすった。

「お待たせ致しました」

番頭の由蔵が、羽織《はおり》を纏《まと》った肥《ふと》った中年男と共に入って来た。

「矢吹さま、十三屋の主にございます」

由蔵は、平八郎に主を引き合わせた。

「主の利兵衛です」

肥った中年男は主の利兵衛と名乗り、平八郎に微笑み掛けた。

「矢吹平八郎です」

「で、おふみの人柄や素性、妙な親類縁者がいるかいないか、分かりましたか……」

利兵衛は、平八郎に探る眼差《まなざ》しを向けた。

「ええ。そいつは何とか分かりました」

「そうですか。で……」

利兵衛は、期待に眼を輝かせた。

「利兵衛さん、おふみは亭主らしい男と一緒に暮らしていましたよ」

平八郎は、利兵衛を見据えて告げた。

「亭主らしい男……」

利兵衛は驚いた。

「旦那さま……」

由蔵は、微かな怯《おび》えを滲《にじ》ませて利兵衛の様子を窺った。

「矢吹さま、それは本当にございますか……」

利兵衛は念を押した。

「ええ。間違いありません」

平八郎は頷いた。

「そうですか……」

利兵衛は、小さな吐息を洩らした。

「残念ながら、おふみとは縁がなかったと忘れるのですね」

「あの、矢吹さま、おふみの亭主らしい男は何て名前ですか……」

利兵衛は尋ねた。

「源さんだが……」

「源さん……」

利兵衛は戸惑った。

「うむ……」

「仕事は何をしているんですか……」

「牛込揚場町で人足をしている」

「人足……」

利兵衛は眉をひそめた。

「中々の働き者ですよ」

平八郎は、笑みを浮かべた。

「そうですか。おふみ、源さんと云う人足と暮らしているのですか……」

利兵衛は、平八郎に念を押した。

「ええ……」

平八郎は頷いた。

「矢吹さま、おふみ、金を積めば人足の源さんと別れますかね」

利兵衛は、微かな狡猾《こうかつ》さを過らせた。

「そいつは、有り得ぬ」

平八郎は、金で人を操れると思う利兵衛に微かな嫌悪を感じ、冷たく云い切った。

「そうですか……」

利兵衛は肩を落とした。

「うむ。で、おぬしに頼まれたおふみの人柄や素性調べはこれ迄だ。ではな……」

平八郎は、冷たくなった茶の残りを飲み干して立ち上がった。

櫛問屋『十三屋』の暖簾は揺れていた。

平八郎は、番頭の由蔵に二日分の給金六百文を貰《もら》って櫛問屋『十三屋』を後にした。

「平八郎さん……」

背後から長次の声がした。

平八郎は振り返った。

堀留の傍に長次がいた。

「長次さん……」

平八郎は戸惑った。

「おふみの男、分かったんですか」

「ええ。源さんって名の揚場町の人足で、真面目な働き者でしたよ」

「そうでしたか……」

「それで、十三屋の旦那の利兵衛に、おふみとは縁がなかった、忘れろと云って来た」


平八郎は苦笑した。

「じゃあ、おふみの一件は此迄だと……」

「うん。二日分の給金六百文を貰って来ました。どうです、その辺で一杯やりますか……」

平八郎は、長次を誘った。

昼飯時を過ぎた蕎麦《そば》屋に客はいなかった。

平八郎は、長次と共に小座敷にあがって酒を飲み始めた。

「処で長次さん、十三屋の傍で何をしていたんですか……」

平八郎は、手酌で酒を飲んだ。

「いえね。十三屋の旦那、どんな男か気になりましてね。ちょいと……」

長次は、櫛問屋『十三屋』の主の利兵衛がどのような人物か調べていた。

「ほう。で、利兵衛がどんな男か分かりましたか……」

平八郎は、長次の猪口に酒を満たした。

「畏《おそ》れいります……」

「で……」

「評判、悪いですよ……」

長次は酒をすすった。

「悪いですか、利兵衛の評判……」

平八郎は眉をひそめた。

「ええ。商《あきな》い上手ですが、金に物を云わせる処がありましてね。櫛職人を随分《ずいぶん》と泣かせているようですよ」

「金に物を云わせますか……」

平八郎は、金でおふみと源さんを別れさせようとした利兵衛を思い出した。

「ええ。それに女にも眼がなく、女癖《おんなぐせ》が悪いとか。お内儀さんが亡くなったのも、旦那の女遊びを気に病《や》んでの事だとか……」

長次は、厳しさを過らせた。

「そんな奴ですか……」

「ええ。それにかなり執念《しゅうねん》深いそうでしてね。女には格別にしつこいとか……」

長次は酒を飲んだ。

「じゃあ、おふみにも……」

「ええ。大人しく諦めるとは思えませんよ」

長次は頷いた。

「そうですか……」

利兵衛が、長次の睨み通りの男ならどう出るか……。

平八郎は眉をひそめた。

町駕籠《まちかご》は、夕暮れの不忍池の畔を進んだ。

料理屋『葉月』の表では、下足番の老爺が軒行燈に火を灯していた。

町駕籠が到着した。

「父っつあん、十三屋の旦那さまがお見えだ」

駕籠舁《かき》は、下足番の老爺に告げた。

下足番の老爺は店内に走り、女将に『十三屋』の利兵衛の到着を報《しら》せた。

櫛問屋『十三屋』の主の利兵衛は、町駕籠を降りた。

女将とおふみたち仲居が出迎えた。

平八郎は、長次と雑木林から見守った。

「やっぱり来ましたね……」

「ええ。じゃあ、ちょいと女将さんに……」

「お願いします」

長次は、平八郎を残して料理屋『十三屋』に向かった。

仲居のおふみは、利兵衛に酌をした。

「うむ……」

利兵衛は、猪口の酒を飲み干した。

「どうだい、おふみも一杯……」

利兵衛は、杯洗《はいせん》で濯《すす》いだ猪口をおふみに差し出した。

「はい。じゃあ一杯だけ……」

おふみは、猪口を受け取った。

利兵衛は、おふみが手にした猪口に酒を満たした。

「戴きます」

おふみは酒を飲んだ。

「良い飲みっぷりじゃあないか……」

利兵衛は笑った。

「いいえ。ご馳走《ちそう》さまにございました。ささ、どうぞ……」

「処でおふみ、お前さん、いつ迄、此処で仲居をするつもりなんだい」

「えっ……」

おふみは戸惑った。

「もし、良ければ、私に世話をさせちゃあくれないかな」

利兵衛は、おふみを見詰めた。

「旦那さまのお世話に……」

おふみは、戸惑いを募《つの》らせた。

「ああ。これは取り敢《あ》えず、身の廻りを綺麗《きれい》にするお金だよ」

利兵衛は、懐《ふところ》から切り餅《もち》を出しておふみに差し出した。

「だ、旦那さま……」

おふみは、利兵衛の言葉の意味に気付いて狼狽《うろた》えた。

「どうだい、切り餅一つで足りないなら、もう一つ乗せますよ」

利兵衛は、おふみの手を握り、抱き寄せようとした。

「お待ち下さい。旦那さま、私には亭主がおります。ですから……」

おふみは、利兵衛の腕から逃れようと必死に抗《あらが》った。

「そいつも綺麗にしちゃあどうだい。金は幾らでも出すよ」

利兵衛は、おふみを押し倒そうとした。

徳利《とっくり》が倒れ、皿や小鉢が甲高《かんだか》い音を立てた。

「何だ、煩《うるさ》いな。おい、誰かいないのか……」

男の怒声が隣りの座敷からあがり、廊下への襖《ふすま》が開く音がした。

利兵衛は、思わず怯《ひる》んだ。

おふみは、利兵衛の腕から逃れた。

「誰かいないのか……」

男が、廊下で再び怒鳴《どな》った。

「は、はい。只今……」

おふみは、返事をして座敷から出て行った。

「くそっ……」

利兵衛は、腹立たしげに酒を呷《あお》った。

隣りの座敷の前で怒鳴っていたのは平八郎だった。

「あの、お客さま、何か……」

おふみは、怯えを滲ませながら尋ねた。

「ああ。ちょいと来てくれ」

平八郎は、怯えるおふみを隣りの座敷に連れ込み、襖を閉めた。

隣りの座敷には、長次がいた。

「酷《ひど》い目にあったね……」

長次は、利兵衛のいる隣りの座敷を示して微笑んだ。

「えっ……」

おふみは戸惑った。

「お前たちの声が聞こえてね。それで、つい怒鳴ってしまった」

平八郎は笑った。

「じゃあ、私を……」

おふみは、平八郎と長次が自分を利兵衛から助けてくれたのに気が付いた。

「まあな……」

「ありがとうございました」

おふみは、安堵《あんど》の面持《おもも》ちで頭を下げた。

長次は、女将に十手を見せて利兵衛の座敷の隣りに平八郎と入り、様子を窺ってい
た。

隣りの座敷の襖が乱暴に開けられ、足音が苛立《いらだ》つように鳴りながら遠ざかって行っ
た。

利兵衛は帰った。

平八郎は苦笑した。

三

利兵衛は、おふみを口説《くど》いて断られた。

「金に物を云わせ、女には格別しつこい奴ですか……」

平八郎は呆れた。

「どうやら評判通りの旦那ですね」

長次は苦笑した。

「利兵衛、これでおふみを諦めますかね」

「さあ、何しろ執念深い旦那だそうですからねえ」

「だったら、次はどう出るか……」

「ええ……」

料理屋『葉月』は軒行燈を消し、暖簾を仕舞った。

裏手から通いの奉公人たちが現われ、言葉を短く交わしてそれぞれの家に帰って行った。

「長次さん……」

「はい……」

平八郎と長次は、妻恋町の梅の木長屋に帰るおふみを追った。

おふみは、夜道を足早に進んだ。

利兵衛に迫られた直後のおふみは、流石《さすが》に辺りを警戒していた。

「おふみも、俺たちと同じように、利兵衛が待ち伏せをするかもしれないと思っているようですね」

平八郎は睨んだ。

「ええ……」

長次は頷いた。

おふみは、武家屋敷の土塀の続く妻恋坂をあがった。

平八郎と長次は、おふみを見守りながら追った。

おふみは、何事もなく梅の木長屋に帰った。

源さんの待つ奥の家には、小さな明かりが灯されていた。

おふみは、安堵の笑みを浮かべて小さな明かりの灯されている家に入った。

平八郎と長次は見届けた。


牛込揚場町の船着場は、荷船から荷下ろしをする人足たちと荷を運ぶ軽子たちが忙しく働いていた。

平八郎は見守った。

源さんは、額に汗を光らせて労を惜《お》しまず働いていた。

平八郎は、荷下ろしをしている源さんを見守った。そして、働く源さんを見守っているのが、己だけではないのに気が付いた。

二人の浪人が、働く源さんを見守っていた。

浪人……。

平八郎は、働く源さんを見守っている二人の浪人を窺った。

二人の浪人は、嘲《あざけ》り混じりの眼で働く源さんを見ていた。

源さんに何の用があるのか……。

何者なのか……。

平八郎は、二人の浪人の素性に想いを巡らせた。

二人の浪人は、櫛問屋『十三屋』の利兵衛に雇《やと》われたのかもしれない。

おふみの男が、牛込揚場町で働く源さんと云う人足だと云う事は、平八郎が利兵衛に告げた。

利兵衛は、人足の源さんからおふみに迫ろうとしているのかもしれない。

平八郎は読んだ。

二人の浪人は、嘲笑《ちようしよう》を浮かべながら人足相手の一膳飯屋に入って行った。

平八郎は、二人の浪人が入った一膳飯屋に向かった。

昼飯前の一膳飯屋は空《す》いていた。

平八郎は、浅蜊《あさり》のぶっかけ丼を食べながら窓辺で酒を飲んでいる二人の浪人を見張った。

二人の浪人は、窓から働く源さんを眺めながら酒を飲んでいた。

源さんが仕事を終えるのを待つ気か……。

平八郎は読んだ。


梅の木長屋に変わった事はなかった。

長次は、木戸で見張った。

平八郎の話では、櫛問屋『十三屋』の主の利兵衛は、おふみが梅の木長屋で暮らしているのは知らない筈《はず》だ。だが、相手は金に物を云わせ、執念深い利兵衛だ。平八郎以外の者にも、おふみの身辺を探らせているかもしれない。

油断はならねえ……。

長次は、おふみを見張った。

おふみは、源さんの晩飯を炊いて奉公先の料理屋『葉月』に向かった。

長次は、木戸を出ておふみを追った。

おふみは、軽い足取りで妻恋町を出て妻恋坂を下った。

長次は、おふみの周囲を警戒しながら追った。


牛込揚場町の荷下ろしは終わった。

船着場は静けさを取り戻し、人足たちは問屋場から給金を貰って仕事を終えた。

源さんは、仲間の人足たちと別れて神田川沿いの道を小石川御門に向かった。

二人の浪人は、源さんを尾行た。

平八郎は、源さんを尾行る二人の浪人を追った。

二人の浪人は、源さんを尾行てどうするつもりなのだ。

おふみと暮らす家を突き止めるつもりなのか、それとも邪魔者として始末する魂胆《こんたん》なのか……。

いずれにしろ二人の浪人は、利兵衛の指図で動いているのだ。

平八郎は睨んだ。

源さんは、小石川御門前を抜けた。そして、水道橋の袂《たもと》を過ぎた時、不意に武家屋敷の路地に入った。

二人の浪人は、慌てて源さんの入った路地に走った。

平八郎は続いた。

二人の浪人は、源さんを追って路地に駆け込んだ。

平八郎は、源さんと二人の浪人の入った路地に向かって走った。その時、路地から源さんが出て来た。

平八郎は、咄嗟《とっさ》に物陰に隠れた。

源さんは、辺りを警戒して神田川沿いの道を湯島聖堂に向かった。

平八郎は、戸惑いながらも路地の入口に駆け込んだ。

武家屋敷の土塀の間の路地には、二人の浪人が気を失って倒れていた。

平八郎は驚いた。

二人の浪人は、源さんに誘《おび》き寄せられて当て落とされたのだ。

源さんは、武術の心得がある。

平八郎は読んだ。

浪人の一人が、苦しく呻《うめ》きながら気を取り戻した。

平八郎は、気を取り戻した浪人の胸倉を鷲摑《わしづか》みにした。

浪人は、激しく怯えた。

「十三屋の利兵衛に何を頼まれたんだ」

平八郎は、怯える浪人の胸倉を締め上げた。

「げ、源助って人足の家が何処か突き止めて、痛め付けろと……」

浪人は、嗄《か》れた声を引き攣《つ》らせた。

「よし、もう少し寝ていろ」

平八郎は、浪人の鳩尾《みぞおち》に拳《こぶし》を叩き込んだ。

浪人は、白目を剝《む》いて再び気を失った。

平八郎は、妻恋町に急いだ。

櫛問屋『十三屋』利兵衛は、おふみの家を突き止めて源さんを痛め付けようとした。だが、源さんは浪人たちの尾行に気付き、逆に痛め付けた。

やはり、只の人足ではなかった……。

平八郎は、人足の源さんが元武士か浪人だと睨んだ。

梅の木長屋は、夕食の仕度前の静けさに覆われていた。

平八郎は、木戸からおふみの家を窺った。

おふみの家には、人の気配は感じられなかった。

平八郎は、おふみの家の腰高障子を叩いた。しかし、帰っていても良い筈の源さんの返事はなかった。

平八郎は、尚《なお》も腰高障子を叩いた。

源さんの返事は、やはりなかった。

あのまま何処かに行ったのか、それとも一度戻って出掛けたのか……。

いずれにしろ源さんは、おふみと自分に禍《わざわい》が降り掛かり始めたのに気付いた。

櫛問屋『十三屋』利兵衛と云う禍……。

源さんは、おふみを心配して料理屋『葉月』に行ったのかもしれない。

平八郎は、不忍池の料理屋『葉月』に向かった。

料理屋『葉月』の表では、下足番の老爺が掃除《そうじ》に励《はげ》んでいた。

長次は、料理屋『葉月』の表が見える茶店で茶を飲んでいた。

おふみが、料理屋『葉月』に入って既に一刻が過ぎていた。

長次は、茶店の老婆に小粒を握らせ、店の奥から料理屋『葉月』の周囲を見張った。

今の処、料理屋『葉月』の周囲に不審な者はいない。

利兵衛は、おふみを大人しく諦めるような奴ではない。必ず何かを企《たくら》んでいる筈だ。


長次は、利兵衛のおふみに対する出方を心配した。

縞《しま》の半纏《はんてん》を着た男が、不忍池の畔をやって来た。

長次は、茶店の奥の暗がりから見守った。

縞の半纏を着た男は、畔から雑木林に入って料理屋『葉月』を窺った。

櫛問屋『十三屋』の利兵衛に雇われ、おふみを見張りに来た男なのかもしれない。

長次は緊張し、見張りの男が他にもいないか周囲を見廻した。

平八郎が、不忍池の畔をやって来た。

「婆《ばあ》さん、ちょいと頼まれちゃあくれないかな……」

長次は、茶店の婆さんを呼んだ。


平八郎は、茶店の婆さんに誘われて茶店に入って来た。

「やあ、来てたんですか……」

「ええ。見て下さい」

長次は、雑木林にいる縞の半纏を着た男を示した。

「おふみの見張りですか……」

平八郎は眉をひそめた。

「きっと……」

長次は頷いた。

二人の浪人に縞の半纏を着た男……。

「利兵衛の奴……」

平八郎は、利兵衛に腹立たしさを覚えた。

「処で長次さん、人足、来ませんでしたか……」

「源さんですか……」

「ええ……」

「見掛けちゃあいませんが、源さん、どうかしましたか……」

「実は……」

平八郎は、源さんと二人の浪人の出来事を話した。

「利兵衛、評判通り執念深い奴ですね」

長次は苦笑した。

「まったくです」

平八郎は、怒りを過らせた。

「それにしても源さん、元は侍ですか……」

長次は眉をひそめた。

「それとも、浪人で人足仕事をしているのかもしれません」

平八郎は読んだ。

「その辺りですかね」

長次は頷いた。

「で、見掛けちゃあいないんですね」

「ええ。ですが、利兵衛の魂胆を知ったなら、おふみを護《まも》る為に此処に来る筈ですね」

長次は睨んだ。

「きっと……」

平八郎は、厳しい面持ちで頷いた。

「平八郎さん、ひょっとしたら源さん、もう何処かに潜《ひそ》んでいるのかもしれませんね」

長次は、鋭い眼差しで辺りを見廻した。

「ええ。そして、私たちのように縞の半纏を着た彼奴《あいつ》を見張っているかもしれません」

平八郎は、厳しさを滲ませた。

陽は西に傾き、吹き始めた風が不忍池に小波《さざなみ》を走らせた。

夜風は木々の梢《こずえ》を鳴らした。

平八郎と長次は、大戸を閉めた茶店の店内から料理屋『葉月』と縞の半纏を着た男を見張った。

料理屋『葉月』には客が出入りし、女将や仲居が賑《にぎ》やかに出迎えや見送りをしていた。

仲居の中にはおふみもいた。

おふみは、屈託のない明るい笑顔で客の応対をしていた。

そこには、利兵衛が動き出したのを知っている気配が窺えなかった。

「どうやら源さん、おふみに繋《つな》ぎを取っちゃあいないようですね」

平八郎は睨んだ。

「ええ。下手《へた》に報せて、おふみを怯えさせたくないのかもしれません」

「って事は、源さん……」

おふみを怯えさせ、見張りの縞の半纏を着た男に警戒させてはならない。

源さんはそう思い、おふみに繋ぎを取らず秘《ひそ》かに見守っているのだ。

平八郎は、源さんの動きを読んだ。

「きっと何かを企んでいますよ」

長次は苦笑した。

「ええ……」

平八郎は、厳しい面持ちで頷いた。

寛永寺の鐘が、戌《いぬ》の刻五つ（午後八時）を告げた。

不忍池の畔に提灯《ちょうちん》の明かりが揺れ、駕籠舁の威勢の良い掛け声が響いてきた。

町駕籠だった。

縞の半纏を着た男が雑木林を出た。

「長次さん……」

「ええ……」

平八郎と長次は、縞の半纏を着た男を見守った。

縞の半纏を着た男は、提灯を揺らしてやって来た町駕籠を迎えた。

町駕籠は止まり、羽織を着た中年男が降り立った。

「仙造《せんぞう》の兄貴……」

「御苦労だな、清八《せいはち》……」

仙造と呼ばれた中年男は、縞の半纏を着た男を清八と呼び、見張りを労《ねぎら》った。

「で、おふみって仲居、いるんだな」

仙造は清八に尋ねた。

「へい。どうにか見定めました」

清八は、客を出迎え見送る仲居たちの中のおふみを見定めていた。

「よし。じゃあ、お前たちは隠れていな」

仙造は、駕籠舁たちに命じた。

「へい……」

駕籠舁たちは暗がりに隠れた。

仙造と清八は、雑木林に入って料理屋『葉月』を見張った。

「長次さん……」

平八郎は、厳しさを漂《ただよ》わせた。

「仙造と清八、町駕籠を使っておふみを拐《かどわ》かす魂胆ですぜ」

長次は読んだ。

「はい……」

平八郎は頷いた。

仙造と清八は、櫛問屋『十三屋』の主の利兵衛に雇われ、おふみを拐かそうとしているのだ。

「こりゃあもう、執念深い野郎の横恋慕なんてもんじゃあねえ。利兵衛は立派な悪党ですぜ……」

長次は眉をひそめた。

料理屋『葉月』から客が帰り始めた。

暖簾を仕舞う亥《い》の刻四つ（午後十時）が近付いた。

仙造と清八は、雑木林から見張り続けた。

源さんが、姿を見せる事はなかった。だが、何処かで秘かに成行《なりゆ》きを見守っているのだ。

平八郎は、緊張を滲ませて見張った。
客は次々と帰り、料理屋『葉月』が暖簾を仕舞う亥の刻四つになった。
料理屋『葉月』は暖簾を仕舞い、軒行燈の火を消した。
通いの奉公人たちが帰り始めた。
おふみは、朋輩と別れの言葉を交わして明神下の通りに向かった。
仙造と清八が雑木林から現われ、駕籠舁を呼んでおふみを追った。
町駕籠は、提灯に火を灯さずに続いた。
「行きます……」
「ええ……」
平八郎と長次は、茶店を出た。
雑木林の梢は夜風に葉音を鳴らした。
おふみは、通い慣れた不忍池の畔を足早に進んだ。
仙造と清八は、町駕籠を従えて追った。
平八郎と長次は、いつでも駆け付けられる距離を保って続いた。
平八郎は、行く手の闇に源さんの気配を探した。しかし、それらしい気配は感じられなかった。

おふみは、不忍池の畔から明神下の通りに出る。明神下の通りには旗本屋敷が多い。

襲うなら不忍池の畔……。

平八郎は、緊張に喉《のど》を鳴らした。

「平八郎さん……」

長次は苦笑した。

次の瞬間、仙造と清八がおふみに駆け寄り、襲い掛かった。

おふみは、驚きの声を短くあげた。

「長次さん……」

平八郎は駆け寄ろうとした。

「平八郎さん」

長次が制した。

仙造と清八は、おふみに猿轡《さるぐつわ》を噛《か》ませて縛《しば》りあげようとした。

町駕籠が駆け寄り、駕籠舁が素早く垂《た》れをあげた。

仙造と清八は、おふみを無理矢理に町駕籠に乗せようとした。

刹那《せつな》、暗がりから源さんが現われ、仙造と清八を蹴《け》り飛ばした。

仙造と清八は、地面に激しく倒れ込んだ。

源さんは、おふみの猿轡と縄を素早く解いた。

「お前さま……」

おふみは、恐怖に声を引き攣らせた。

「安心しろ……」

源さんは微笑んだ。

「野郎……」

仙造と清八は匕首《あいくち》を抜き、駕籠舁は息杖《いきづえ》を振り翳《かざ》した。

「十三屋の利兵衛に頼まれての拐かし、容赦《ようしゃ》はしないぞ……」

源さんは冷笑を浮かべ、落ちていた折れ枝を拾って無造作に一振りした。

折れ枝の空《くう》を切る音が鋭く鳴った。

四

源さんは、おふみを背後に庇《かば》って折れ枝を構えた。

「野郎……」

清八は、匕首を構えて源さんに突っ込んだ。

源さんは、折れ枝を無造作に振るった。

折れ枝は、清八の匕首を握る手の手首を鋭く打ち据えた。

清八は、思わず匕首を落とし、打たれて折れた手首を押さえて蹲《うずくま》った。

鮮やかな手練だった。

駕籠舁は、町駕籠を担《かつ》いで慌てて逃げた。

源さんは仙造に向かった。

仙造は怯み、匕首を構えて後退《あとじさ》りをした。

「来るな。来るとぶっ殺すぞ」

仙造は、恐怖に声を震わせた。

「ならば、やってみるんだな……」

源さんは笑い、仙造に迫った。
次の瞬間、仙造は身を翻《ひるがえ》して逃げた。
平八郎が現われ、逃げる仙造の前に立ちはだかった。
「退《ど》け……」
仙造は顔を歪《ゆが》め、平八郎に向かって匕首を振り廻した。
刹那、平八郎は仙造の匕首を握る手を取り、鋭い投げを打った。
仙造は、弧を描いて地面に叩き付けられた。
土埃《つちぼこり》が舞い上がった。
仙造は、地面に這《は》い蹲《つくば》って苦しく呻いた。
平八郎は、苦しく呻く仙造を押さえ付けて素早く縄を打った。
源さんは、困惑と警戒を浮かべておふみを後ろ手に庇った。
「さあ、来い……」
平八郎は、縛りあげた仙造を源さんとおふみの足元に突き飛ばした。
仙造は倒れ込んだ。
長次が、縛りあげた清八を倒れた仙造の傍に引き据えた。
「お、おぬしたちは……」

源さんは、怪訝な眼差しを平八郎と長次に向けた。

「あっ……」

おふみは、平八郎と長次が料理屋『葉月』で利兵衛から助けてくれた者たちだと気が付いた。

「やあ……」

平八郎は笑った。

「お前さま、この方たちは、昨夜お助け下さった方たちです」

おふみは、源さんに告げた。

「おお。そうでしたか、おふみがお世話になり、礼を申します」

源さんは、平八郎と長次に頭を下げた。

「私は浪人、矢吹平八郎。こちらは長次さんです。おぬしは……」

平八郎は笑い掛けた。

「私はおふみの亭主で、浪人の加納《かのう》源一郎と申します」

源さんは、加納源一郎と云う浪人だった。

「加納源一郎、それで源さんですか……」

「ええ……」

源さんは笑った。

「平八郎さん、ここじゃあなんですよ……」

長次は苦笑した。

「う、うん。そうですね」

「花やにお連れして下さい。あっしはこいつらを片付けて後から行きます」

長次は告げた。

「心得ました。じゃあ、加納さん、おふみさん、私の馴染の居酒屋に行きましょう」

「えっ、ええ……」

平八郎は、源さんとおふみを促《うなが》して神田明神門前の居酒屋『花や』に向かった。

長次は、呼子笛《よびこぶえ》を吹き鳴らした。

呼子笛の音は、夜空に甲高く鳴り響いた。

居酒屋『花や』は、店仕舞いの時を過ぎていた。

主で板前の貞吉《さだきち》と娘で女将のおりんは、板場で片付けと翌日の仕込みをしていた。

平八郎は、貞吉とおりんに頼み、源さんとおふみを伴って小座敷にあがった。

源さんは、美味《うま》そうに酒を飲んだ。

「処で矢吹さん、何故におふみを……」

源さんとおふみは、平八郎に怪訝な眼差しを向けた。

「実は私、口入屋の周旋《しゅうせん》で櫛問屋十三屋の利兵衛に一日三百文で雇われ、おふみさんの身辺を調べたのです」

平八郎は、申し訳なさそうに告げた。

「私の身辺をですか……」

おふみは戸惑った。

「はい。おふみさんを見初めたので、人柄と詳しい素性、それに面倒な親類縁者はいないかなどを……」

「そんな……」

おふみは眉をひそめた。

「それで、秘かに探らせて貰いましてね。人柄や素性は申し分なかったのですが……」

「私と云う面倒な縁者がいた訳ですね」

源さんは苦笑した。

「はい。それで私は利兵衛におふみさんには亭主がおり、幾ら見初めても無理だと伝えました。ですが、利兵衛は評判になる程の執念深い男。そのまま諦めるとも思えず、成行きを見ていたんです。そうしたら利兵衛、おふみさんに迫ったり、二人の浪人に加納さんを尾行させたり、挙《あ》げ句《く》の果《は》てにはおふみさんを拐かそうと企んだ……」

平八郎は、利兵衛を蔑《さげす》んだ。

「じゃあ、牛込揚場町や本郷《ほんごう》での事も……」

源さんは戸惑った。

「ええ……」

平八郎は頷いた。

「そうでしたか。いや、此度《こたび》の一件、良く分かりました」

源さんは、小さな笑みを浮かべた。

「如何に糊口《ここう》を凌《しの》ぐ為とは申せ、金が欲しさにおふみさんの身辺を探ったのは恥じ入るばかり、お許し下さい」

平八郎は詫《わ》びた。

「矢吹さん、詫びるには及びません。我ら浪人、糊口を凌ぐのに仕事を選べぬ事もありますよ」

源さんは笑った。

「忝《かたじけな》い……」

平八郎は礼を述べ、源さんと酒を酌《く》み交わした。

「平八郎さん……」

おりんが、新しい酒と料理を持って来た。

「店仕舞いの時も過ぎたと云うのにすまぬな」

平八郎は詫びた。

「いいえ。じゃあ、明日の仕込みをしていますので、用があれば呼んでくださいな」

おりんが板場に戻ろうとした時、長次が入って来た。

「あら、いらっしゃい」

おりんは迎えた。

「おりんさん、夜分、申し訳ないね」

「いいえ……」

おりんは板場に入った。

「御苦労さんです」

平八郎は、長次を迎えた。

「仙造と清八、十三屋の利兵衛に金で雇われて、おふみさんを拐かそうとしたと白状しましたよ」

長次は、平八郎の酌を受けながら報せた。

「加納さん、聞いての通りです。どうします」

平八郎は、源さんを窺った。

「さあて……」

源さんは眉をひそめた。

「町奉行所に訴え出ますか……」

「それには及びません。私が始末を付けます」

源さんは笑った。

「そいつが良いでしょう」

長次は、笑みを浮かべて頷いた。

「長次さん……」

平八郎は戸惑った。

「利兵衛のような人を嘗《な》めている手合は、殺されるかもしれないと云う恐ろしさを味わわせる必要があります」

長次は、冷たく云い放った。

「だが、加納さんを追った浪人どもが叩きのめされ、おふみさんの拐かしも失敗したとなると、利兵衛も用心棒を雇うなどの警戒をする筈。それでもやりますか……」

平八郎は、源さんの出方を窺った。

「ええ。妻に降り掛かった禍、取り除くのは亭主の役目です」

源さんは笑った。

「お前さま……」

おふみは、心配げに源さんを見詰めた。

「心配するな、おふみ……」

源さんは、おふみを安心させるように微笑み掛けた。

そこには、互いを思いやり、信じ合っている夫婦がいた。

「分かりました。ならば私も手伝いますよ」

平八郎は頷いた。

「それはありがたい……」

「処で加納さん、私は剣は神道無念流《しんとうむねん》ですが、加納さんは何流ですか」

「私ですか、私は無外流《むがい》です」

無外流とは、近江甲賀《おうみこうが》の都治資持《つじすけもち》こと月丹《げったん》が創《はじ》めた剣の流派だ。

「ほう、無外流ですか……」

平八郎は、源さんと剣談を続けた。しかし、源さんは剣が無外流である事以外は決して話そうとはしなかった。

源さんの昔には、他人に云いたくない何かが秘められているのかもしれない……。

平八郎は睨んだ。

櫛問屋『十三屋』は、暖簾を微風に揺らしていた。

小僧が町駕籠を呼んで来た。

店から二人の浪人が現われ、鋭い眼差しで周囲を見廻した。そして、一人が店の中に声を掛けた。

利兵衛が、二人の浪人を従えて出て来て素早く町駕籠に乗った。

利兵衛の乗った町駕籠は、四人の浪人に護られて本石町《ほんごくちょう》の通りに向かった。

平八郎と長次が物陰から現われ、利兵衛の乗っている町駕籠を追った。

おそらく利兵衛は、企みが次々と失敗したのに狼狽《ろうばい》し、逆襲されるのを恐れて身を隠そうとしているのだ。

「利兵衛、尻に火が付いているのに気が付いたようですね」

平八郎は笑った。

「今更、手遅れですよ」

長次は嘲笑した。

利兵衛の乗った町駕籠は、四人の用心棒に護られて本石町の通りを大伝馬町《おおてんまちょう》に曲がった。

平八郎と長次は追った。

「さあて、用心棒を四人も引き連れて何処に行くのか……」

長次は、四人の用心棒に護られて行く町駕籠を見詰めた。

「用心棒は、これから行く処にもいるかもしれませんよ」

「ええ。流石の利兵衛も、平八郎さんに云われた通り、おふみさんを諦めりゃあ良かったと、悔やんでいますよ」

「横恋慕が命取りです……」

平八郎は笑った。

利兵衛の乗った町駕籠は、四人の用心棒に護られて大伝馬町から通旅籠町《とおりはたごちょう》を抜け、浜町堀《はまちょうぼり》に架かる緑橋《みどりばし》を渡った。
平八郎と長次は、利兵衛の乗った町駕籠と用心棒たちを慎重に追った。
隅田川《すみだがわ》は滔々《とうとう》と流れ、様々な船が行き交っていた。
利兵衛の乗った町駕籠は、四人の用心棒を従えて向島《むこうじま》の土手道を進んだ。
平八郎と長次は、入れ替わりながら巧《たく》みに尾行た。
利兵衛の乗った町駕籠と用心棒たちは、桜餅で名高い長命寺《ちょうめいじ》の脇の道に入った。
平八郎と長次は追った。
田畑の緑は風に揺れていた。
利兵衛の乗った町駕籠と用心棒たちは、田畑の中にある小さな林の陰に入って行った。
小さな林の陰には、生垣に囲まれた寮《りょう》があった。
平八郎と長次は見届けた。
寮の留守番の中年男が、利兵衛を迎えに出て来た。
町駕籠から降りた利兵衛は、留守番の中年男に声を掛けて寮に入った。

用心棒の頭分の浪人が、三人の浪人に何事かを指図して利兵衛に続いた。

駕籠舁は、留守番の中年男に駕籠賃を貰って立ち去った。

留守番の中年男は寮に入り、残った三人の浪人は辺りを警戒した。

平八郎と長次は、小さな林の木陰に入って寮を窺った。

寮の表と裏は、三人の浪人が固めていた。

「利兵衛の奴、此処に隠れて熱《ほとぼり》を冷ますつもりですかね」

平八郎は読んだ。

「ええ。飛んで火にいる夏の虫。瀬戸物町の十三屋に籠《こ》もられるより楽と云えば楽ですがね……」

長次は笑った。

「じゃあ長次さん、俺は加納さんを呼んで来ます」

「分かりました。その間に寮にいる人数、詳しく探っておきますよ」

「お願いします」

平八郎は、長次を残して妻恋町の梅の木長屋に向かった。

長次は、生垣に囲まれた寮を窺った。

隅田川の流れは西日に輝いた。

猪牙舟《ちょきぶね》は吾妻橋《あずまばし》を潜って流れを遡《さかのぼ》り、竹屋《たけや》ノ渡《わたし》の船着場に着いた。

平八郎と源さんは、猪牙舟から船着場に降り立った。

源さんは、浪人姿の加納源一郎になり腰に刀を差していた。

「こっちです」

平八郎は、源さんを土手道に誘った。

「はい……」

源さんは、平八郎に続いた。


生垣に囲まれた寮は、静けさに覆われていた。

長次は、木陰に潜んで寮を見張っていた。

「長次さん……」

平八郎が、源さんと一緒に木陰に潜む長次の許にやって来た。

「昨夜はどうも……」

長次は、源さんに挨拶《あいさつ》をした。

「お世話になるな、長次さん……」

源さんは、申し訳なさそうに長次に頭を下げた。

「いいえ。で、寮は十三屋の物でしてね。利兵衛が女を囲うのに使っているようですぜ」

「寮にいる人数は……」

平八郎は尋ねた。

「留守番の中年男に用心棒の浪人が四人、それに飯炊きの年寄り夫婦と利兵衛の八人。飯炊きの年寄り夫婦を勘定に入れなければ六人です……」

長次は告げた。

「六人ですか……」

「ええ……」

「如何《いかが》ですか、加納さん……」

平八郎は、源さんに訊《き》いた。

「六人を斬り棄《す》てる訳じゃありません。おふみは私の妻だと、利兵衛に厳しく言い聞かせるだけです。ま、それを邪魔する者は容赦しませんが、おそらく大丈夫でしょう」

源さんは、小さな笑みを浮かべた。

「分かりました。じゃあ、俺が表から踏み込んで用心棒を何人か引き付けます。加納さんはその隙《すき》に利兵衛に篤《とく》と言い聞かせて下さい」

「心得た」

「長次さん、加納さんと一緒に行って下さい」

「承知……」

長次は頷いた。

向島は夕暮れに染まった。


櫛問屋『十三屋』の寮を覆う静けさは、戸を叩く音で不意に破られた。

平八郎は、寮の表戸を乱暴に叩き続けた。

用心棒の一人が、寮の表戸を開けて顔を出した。

平八郎は蹴り飛ばした。

用心棒は、弾《はじ》き飛ばされて壁に激突した。

寮は激しく揺れ、壁に激突した用心棒は意識を失って崩れ落ちた。

平八郎は踏み込んだ。

「どうした……」

二人の用心棒が、奥から緊張した面持ちで出て来た。

「十三屋の利兵衛は何処にいる」

平八郎は怒鳴った。

「手前……」

二人の用心棒は、平八郎に猛然と斬り掛かった。

平八郎は、抜き打ちの一刀を放った。

一人の用心棒の刀が弾き飛ばされ、天井に深々と突き刺さった。

用心棒は、恐怖に立ち竦《すく》んだ。

平八郎は刀の峰を返し、立ち竦んだ用心棒の首筋を鋭く打ち据えた。

用心棒は、気を失って倒れた。

「お、おのれ……」

残る用心棒は、怯える己を奮い立たせるかのように怒鳴った。

平八郎は苦笑し、残る用心棒の脚の脛《すね》に峰打ちを加えた。

骨の折れる鈍《にぶ》い音が鳴った。

残る用心棒は、脚の脛の骨を折られて横倒しになった。

長次と源さんは、裏から台所に踏み込んだ。

飯炊きの年寄り夫婦が身を寄せ合い、恐怖に震えていた。

長次と源さんは、年寄り夫婦を一瞥《いちべつ》して奥に向かった。

「出て来い、利兵衛……」

平八郎の怒声が響いた。

長次と源さんは奥に進んだ。

利兵衛が、頭分の用心棒や留守番の中年男と座敷から出て来た。

「十三屋の利兵衛か……」

源さんは、静かに呼び掛けた。

利兵衛、頭分の用心棒、留守番の中年男は、源さんと長次に気付いた。

「な、何だ、手前ら……」

頭分の用心棒は、利兵衛を後ろ手に庇った。

「私はおふみの亭主だ……」

源さんは、利兵衛に笑い掛けながら進んだ。

「お、おふみの……」

利兵衛は、恐怖に衝《つ》き上げられた。

「利兵衛、私の妻に邪《よこしま》な気持ちを抱き、手込めにしようとしたり、拐かそうとしたな……」

源さんは、利兵衛を厳しく見据えた。

「そ、それは……」

利兵衛は震えた。

頭分の用心棒が、源さんに抜き打ちの一刀を放った。

源さんは、大きく跳び退《の》いて躱《かわ》した。

頭分の用心棒は、素早く源さんに迫って二の太刀を放った。

源さんは、鋭く踏み込んで刀を閃《ひらめ》かせた。

頭分の用心棒は、腰を斬られ血を振り撒《ま》いて前のめりに倒れた。

無外流の鮮やかな一刀だった。

留守番の中年男は、血相を変えて逃げた。

長次は追った。

利兵衛は、呆然とへたり込み、恐怖に激しく震えた。

「利兵衛……」

源さんは、震える利兵衛を厳しく見据えた。

利兵衛は震え続けた。

「おふみへのこれ以上の横恋慕は許さぬ……」

源さんは、静かに告げた。

利兵衛は、震えながら頷いた。

「利兵衛、次に愚《おろ》かな真似《まね》をすれば、容赦なく斬る。分かったな……」

源さんは、利兵衛に言い聞かせた。

「は、はい……」

利兵衛は、喉を引き攣らせて嗄れた声を震わせた。

「二言はないな……」

源さんは念を押した。

「はい……」

利兵衛は頷いた。

刹那、源さんは刀を一閃した。

利兵衛の髷《まげ》が、斬り飛ばされて転がった。

「約束を違《たが》えれば、次は首だ……」

源さんは微笑み掛けた。

利兵衛は、恐怖に床を濡らして気を失った。

「終わりましたか……」

長次が、座敷から留守番の中年男を引き立てて来た。

「急所は外してある。早く医者に診《み》せてやれ」

源さんは、頭分の用心棒を示して留守番の中年男に命じた。


猪牙舟は、船行燈の明かりを隅田川に映して流れを下った。

平八郎、長次、源さんは、向島竹屋ノ渡に待たせてあった猪牙舟に乗り、吾妻橋を潜って両国橋《りようごくばし》に向かった。

「矢吹さんと長次さんのお陰でどうにか片を付ける事が出来ました。礼を云います」

源さんは、平八郎と長次に頭を下げた。

「礼には及びません。ま、あれだけ厳しく言い聞かせれば、幾ら執念深い利兵衛でも、もう馬鹿な真似はしないでしょう」

平八郎は笑った。

「ええ……」

源さんは笑った。

猪牙舟は、両国橋の手前の神田川に入った。そして、神田川を遡って昌平橋《しょうへいばし》の船着場に船縁《ふなべり》を寄せた。


源さんは、おふみの待つ妻恋町の梅の木長屋に帰って行った。

平八郎と長次は見送った。

「平八郎さん、人ってのは都合の悪い事はすぐに忘れるものです」

長次は、利兵衛がこのまま黙っているとは思わなかった。

「ならば、暫《しばら》く様子を見た方がいいですね」

平八郎は、長次と居酒屋『花や』に向かった。


源さんとおふみは、梅の木長屋からいつの間にか消え去った。

平八郎は驚かなかった。

源さんとおふみは、何処かで静かに暮らし続ける筈だ。

平八郎は、加納源一郎がある藩の逐電者《ちくでんもの》だと云う噂《うわさ》を聞いた。しかし、噂は噂に過ぎず、源さんの詳しい素性を知る事はなかった。

一期一会の縁、それで良いのだ……。

平八郎は、己に言い聞かせた。
利兵衛の横恋慕は、平八郎に思わぬ出逢いを与えてくれた。
お地蔵長屋の地蔵は、今朝も頭を美しく輝かせていた。

第二話　宝探し

江戸の頃、〝年増〟は二十歳過ぎの女を云い、〝中年増〟は二十三、四歳から三十歳ぐらい迄であり、〝大年増〟はそれ以上の歳の女を称した。

一

矢吹平八郎は、一膳飯屋で朝飯を食べて万吉の口入屋に急いだ。

口入屋は既に大戸を閉め、万吉は出掛けていた。

やはり遅かったか……。

平八郎は、朝飯を食べて来たのを悔やんだ。だが、空腹には勝てなかったのだ。

平八郎は、今日の仕事を諦めた。だが、お地蔵長屋に帰る気にもなれず、神田明神に向かった。

神田明神の境内《けいだい》には陽差しが溢《あふ》れ、参拝客で賑わっていた。

平八郎は、拝殿に手を合わせて茶店で茶をすすった。

茶店の前の参道には、大勢の参拝客が行き交った。

平八郎は、茶をすすりながら行き交う参拝客を眺めた。
派手《はで》な半纏を着た男が、若い女を連れた大店の旦那と擦れ違った。
刹那、派手な半纏の男は、大店の旦那の懐から黒い財布を掏《す》り盗った。
掏摸《すり》だ……。
平八郎は、思わず茶の入った茶碗を口元で止めた。
「掏摸だ。掏摸だ……」
大店の旦那が、財布を掏られたのに気付き、派手な半纏を着た男に叫んだ。
派手な半纏を着た男は、傍にいた中年男に素早く黒い財布を渡して振り向いた。
平八郎は見逃さなかった。
「何ですかい、旦那、あっしが掏摸だと仰《おつしや》るんですかい……」
派手な半纏を着た掏摸は、大店の旦那に物静かな口調で尋ねた。
「ああ、私の財布、返して貰おうか……」
大店の旦那は、険しい眼で睨み付けた。
行き交う参拝客が、大店の旦那と派手な半纏を着た掏摸を遠巻きにした。
掏摸から財布を受け取った中年男は、薄笑いを浮かべてその場を離れた。
平八郎は追った。

「旦那、あっしが財布を掏った証《あかし》、あるんですかい……」

掏摸は、嘲笑を浮かべて大店の旦那に問い質《ただ》した。

「あ、証……」

大店の旦那は戸惑った。

「ああ、あっしが掏ったって証ですよ」

「証も何も、お前さんが掏ったのは……」

大店の旦那は、懸命に言い返そうとした。

「煩《うる》せえ……」

掏摸は怒鳴った。

大店の旦那は怯んだ。

「そんなに疑うのなら裸になってやる。だがな、旦那の財布がなかった時には、只じゃあすまねえぜ……」

掏摸は、その眼に狡猾さを滲ませ、派手な半纏を脱《ぬ》ぎ棄てた。

「それには及ばん……」

遠巻きにしている人々の背後から、平八郎の声があがった。

遠巻きにしていた人々は、振り返った。

平八郎が、中年男の腕をねじ上げながら出て来た。

掏摸は、中年男を見て僅かに怯んだ。

「旦那、旦那の財布はどんな物だ」

「は、はい。黒い印伝革《いんでんがわ》の財布です」

「これか……」

平八郎は、腕をねじ上げた中年男の懐から黒い印伝革の財布を取り出した。

「は、はい。私の財布です」

大店の旦那は頷いた。

刹那、掏摸はその場から逃げようとした。

平八郎は、中年男を逃げようとした掏摸に向かって突き飛ばした。

中年男と掏摸は激しくぶつかり、縺《もつ》れ合って倒れた。

「旦那から財布を掏り盗り、仲間のこいつに渡したのはお見通しだ」

平八郎は、掏摸に笑い掛けた。

「畜生……」

掏摸は起き上がり、懐から匕首を抜いて平八郎に突き掛かった。

平八郎は、突き掛かった掏摸の匕首を握る腕を取って捻り上げた。

掏摸は、匕首を落としながらも抗った。

「往生際が悪いな。大人しくしろ」

平八郎は、抗う掏摸に投げを打った。

掏摸は、見事な弧を描いて参道に叩き付けられて気を失った。

平八郎は苦笑した。


明神下の通りは、神田川に架かる昌平橋から不忍池を結ぶ道であり、多くの人が行き交っていた。

平八郎は、明神下の通りをお地蔵長屋に向かった。

誰だ……。

平八郎は、己を見詰める視線を感じていた。

視線は神田明神を出た時からだ。

尾行られている……。

平八郎は、何気なく背後を窺った。

不審を感じさせる者は、背後に見当たらなかった。

このままお地蔵長屋に帰っていいのか……。

平八郎は迷った。

尾行られる覚えはない。だが、今迄に何人もの男と命の遣《や》り取りをして来ている。恨みを買っていないと云い切る自信はない。

尾行て来るのが何者か見定めない限り、己の暮らす家を知られてはならない。

平八郎は、お地蔵長屋に帰らず不忍池に向かった。


不忍池に風が吹き抜け、水面には小波が走っていた。

平八郎は、不忍池の畔の茶店に入り、婆さんに茶を頼んで縁台に腰掛けた。

町方の老夫婦、行商人、子連れの女、粋《いき》な形《なり》の大年増……。

平八郎は、畔の道を後から来る者に尾行者を捜した。だが、尾行者らしき者はいない。

強《し》いて云えば行商人か……。

平八郎は、やって来る行商人を見詰めた。

行商人は、平八郎のいる茶店の前を通り過ぎて行った。

違った……。

平八郎の睨みは外れた。

「お婆さん、お茶をくださいな」

粋な形の大年増が、茶を頼んで平八郎の横に腰掛けた。

まさか……。

平八郎は戸惑った。

粋な形の大年増は、微笑みを浮かべて平八郎に会釈《えしゃく》をした。

尾行者……。

平八郎は気付いた。

尾行て来ていたのは、粋な形の大年増だったのだ。

「おまちどおさまです」

茶店の老婆が、粋な形の大年増に茶を持って来た。

「ありがとう……」

粋な形の大年増は、湯気の昇る茶を飲んだ。

「ああ、美味《おい》しい……」

粋な形の大年増は呟《つぶや》き、平八郎を何気なく窺った。

平八郎は、大年増と逢った事があるかどうか思い出そうとした。だが、大年増の顔に見覚えはなかった。

粋な形の大年増は、平八郎の様子を窺いながら茶を飲み続けた。

「俺に何用だ……」

平八郎は、不意に斬り込んだ。

粋な形の大年増は思わず狼狽え、手にしていた湯呑茶碗から茶を零《こぼ》した。

平八郎は、粋な形の大年増を見詰めた。

「気が付いていたんですか……」

粋な形の大年増は、苦笑しながら手拭《てぬぐい》で零れた茶を拭《ふ》いた。

「うむ……」

平八郎は頷いた。

「お侍さん、御浪人とお見受けしましたが……」

「ああ……」

「お仕事は……」

粋な形の大年増は、平八郎を見詰めた。

「今日は溢《あぶ》れた……」

「もしかしたら、口入屋から……」

「うん。用心棒から人足、仕事を周旋して貰っている素浪人だ」

「じゃあ、私のお願いする仕事、引き受けちゃあ戴けませんかね」

「仕事……」

平八郎は困惑した。

「ええ、神田明神で掏摸を捕まえたお手並みを拝見しましてね。どんな人かと思って
ずっと追い掛けて来たんですよ」

粋な形の大年増は、色っぽく微笑んだ。

色っぽい微笑みに嘘偽《いつわ》りはない……。

平八郎は、粋な形の大年増が追って来た理由を知り、思わず苦笑した。

「どうですか、仕事……」

「どんな仕事だ……」

「それは一杯やりながらってのは、如何ですか……」

粋な形の大年増は、雑木林の奥に見える料理屋を示した。

「そいつはいいな」

平八郎は、嬉《うれ》しげに笑った。

料理屋の座敷から見える不忍池は、眩しく輝いていた。

「さあ、お一つ、どうぞ……」

粋な形の大年増は、平八郎に徳利を差し出した。

「うん……」

平八郎は、嬉しげに猪口を差し出した。

粋な形の大年増は、平八郎の猪口に酒を満たした。

「さあ……」

平八郎は、粋な形の大年増の手から徳利を取って差し出した。

「ありがとうございます。私はおもんと申します」

「おもんか、俺は矢吹平八郎だ。戴く……」

平八郎とおもんは、猪口を掲げて酒を飲んだ。

「矢吹平八郎さんですか……」

「ああ。で、おもん、仕事とは何かな……」

平八郎は、手酌で酒を飲みながらおもんに尋ねた。

「旦那、これを見て下さいな……」

おもんは、胸元から古い地図を差し出した。

「地図……」

平八郎は戸惑った。

「ええ。地図は地図でもお宝の地図です」

おもんは、辺りを見廻して密《ひそ》やかに囁《ささや》いた。

「お宝の地図……」

平八郎は、思わず素《す》っ頓狂《とんきょう》な声を上げた。

「旦那……」

おもんは、慌てて平八郎を止めた。

「う、うん……」

平八郎は、猪口の酒を飲み干して己を落ち着かせた。

「で、おもん、何のお宝の地図だ」

平八郎は、古い地図を見詰めた。

古い地図は黄ばみ、所々虫に食われているが、木や建物、そして道筋と仏像などが描かれていた。

「昔、浅草《あさくさ》にこっそり金貸しをしていた坊主がいましてね。貯め込んだ金を寺の何処かに隠していたんですよ。ですが、心の臓の病で呆気《あっけ》なく死に、貯め込んだ金の隠した場所は分からなくなり、有耶無耶《うやむや》になったんですよ」

「貯め込んだ金はどのぐらいだ」

「一万両は下らないとか……」

　おもんは、平八郎を窺った。

「一万両とは凄いな」

　平八郎は感心した。

「ええ。話半分でも五千両。凄すぎますよね」

　おもんは、僅かに声を弾《はず》ませた。

「うん。で、おもん、金を隠した坊主、何て名前だ」

「浄雲《じょううん》だそうです」

「浄雲か、じゃあ寺の名は……」

「それが、照妙寺《しょうみょうじ》とか笙命寺《しょうめいじ》とか、はっきりしないんですよ」

「分かっているのは浅草の寺って事だけか……」

「ええ。でも、浅草には寺が沢山ありますからねえ……」

　おもんは眉をひそめた。

「うむ。処でおもん、この地図、何処から手に入れたんだ」

「借金の形ですよ」

「借金の形って、おもんは金貸しなのか……」

平八郎は驚いた。

「金貸しと云っても、貧乏な人に僅かなお金を貸すささやかなもんですよ。で、お客のお婆さんが、この地図を形に一両貸してくれと頼んで来ましてね。普通だったら貸しませんが、余りにも気の毒だったし、面白そうだったので用立ててあげたんですよ」

「その婆さん、浄雲とどんな拘わりなんだ」

「昔、囲われていたそうですよ、浄雲に……」

「妾《めかけ》か……」

平八郎は苦笑した。

金貸し坊主の浄雲は、貯め込んだ金の隠し場所を描き記した地図を妾に残して頓死《とんし》した。

金貸しのおもんは、その地図を一両を貸した形として手に入れたのだ。

「で、おもん、浄雲の隠し金を俺に探せと云うのか……」

「ええ。何処の寺か突き止め、浄雲が隠したお金を見付ける……」

おもんは頷いた。

「給金は貰えるのか……」

「勿論ですよ」

おもんは、平八郎に一両小判を差し出した。

「一両か……」

平八郎は、思わず垂れそうになった涎《よだれ》を慌てて拭《ぬぐ》った。

「それから、隠したお金を見付けてくれたら一割、一万両なら千両、話半分の五千両でしたら五百両、そいつが旦那の取り分、如何ですか……」

おもんは艶然《えんぜん》と微笑んだ。

「夢のような話だな。ま、やってみるか……」

平八郎は、楽しそうに酒を飲んだ。

「ありがとうございます、旦那。女一人、何をするにも大変でしてね。旦那と出逢えて本当に良かった。さあ、どうぞ……」

おもんは、平八郎に酌をした。

「さあて、古地図一枚が頼りの宝探し、期待に添えるかどうか……」

平八郎は、苦笑しながら酒を飲んだ。

不忍池の畔から浅草は近い。

平八郎は、下谷広小路《したやひろこうじ》でおもんと別れ、新寺町《しんてらまち》の通りを浅草に向かった。

蔵前《くらまえ》通りに出た平八郎は、浅草駒形堂傍の老舗《しにせ》鰻《うなぎ》屋『駒形鰻《こまがたうなぎ》』の暖簾を潜った。

「いらっしゃいませ」

小女のおかよの威勢の良い声が、鰻の蒲焼《かば》きの匂いと共に平八郎を迎えた。

「やあ。変わりがないようだな、おかよちゃん……」

平八郎は微笑んだ。

「あっ、平八郎さん。女将さん、平八郎さんがお見えですよ」

おかよは、板場に叫んだ。

「親分、いるかな……」

平八郎は苦笑した。

「ええ。いますよ、若旦那。報せて来ます」

おかよは、帳場の奥に走った。

「いらっしゃい、平八郎さん……」

女将のおとよが、板場から出て来た。

「御無沙汰《ごぶさた》していいます。お変わりありませんか……」

「お陰さまで……」

おとよは微笑んだ。

「平八郎さん、若旦那があがって下さいって」

おかよが奥から戻り、平八郎に告げた。

「そうか。じゃあ女将さん、お邪魔します」

「ええ。後で蒲焼き、お持ちしますよ」

「は、はい……」

平八郎は、嬉しさに思わず声を上擦らせた。


「昔、死んだ坊主の隠した金……」

伊佐吉は眉をひそめた。

「うん……」

平八郎は、伊佐吉の淹《い》れてくれた茶をすすった。

「で、その死んだ坊主、何て寺の何て坊主なんだい……」

伊佐吉は、鰻屋『駒形鰻』の若旦那で岡っ引だった。

「坊主の名は浄雲、寺は分からない……」

「浄雲ねえ……」

伊佐吉は首を捻った。

「知らないか……」

「ああ。俺は知らないが、長さんなら知っているかもしれないな」

「長次さんか……」

「ああ。死んだ親父の代から浅草を歩き廻っている長さんだ。よし、誰か走らせるよ」

「造作を掛けるな……」

「長さん、家にいりゃあいいがな……」

伊佐吉は、長次の家に使いを走らせる為に部屋から出て行った。

僅かな時が過ぎ、鰻の蒲焼きの匂いが漂って来た。

蒲焼きが来た……。

平八郎は喉を鳴らした。

長次は、頓死した浄雲を知っていた。

「あれは、もう二十年以上も昔になりますか、浄雲は確かに心の臓の病で死にましたよ」

「覚えていますか……」

「ええ、先代の親分と、養生所《ようじょうしょ》のお医者に来て貰って死体を検《あらた》めましてね。心の臓の発作《ほっさ》での急死は、間違いありませんでしたよ」

長次は頷いた。

「で、浄雲の寺、何処の何て寺ですか……」

平八郎は尋ねた。

「新鳥越《しんとりごえ》にありましてね。何て名の寺でしたか……」

長次は眉をひそめた。

「覚えていませんか……」

平八郎は肩を落とした。

「ええ。ですが、寺の場所は分かりますよ」

長次は笑った。

「そうですか……」

平八郎は、顔を綻《ほころ》ばせた。

「その前に平八郎さん、浄雲が死ぬ前に金を隠していたって証あるんですか……」

長次は訊いた。

「証になるかどうかは分かりませんが、浄雲が囲っていた妾に古い地図を残しているんです」

「古い地図……」

伊佐吉は眉をひそめた。

「ええ……」

平八郎は、伊佐吉と長次の前に古地図の写しを開いて見せた。

伊佐吉と長次は、古地図の写しを覗《のぞ》いた。

「こいつは古地図の写しだが……」

平八郎は、おもんと相談して古地図の写しを取った。

「坊主の浄雲、この仏像の絵の処に金を隠してあると妾に云ったそうだよ」

平八郎は、古地図に描かれている仏像の絵を指差した。

「此処にねえ……」

伊佐吉は、疑わしそうに仏像の絵を見た。

「ああ……」

平八郎は頷いた。

「処で平八郎さん、この浄雲の隠した金の話と古地図、出処は何処の誰ですかい……」

長次は、平八郎を厳しい面持ちで見詰めた。

「うん。そいつなんだが、おもんって名の女金貸しが出処だよ」

「女金貸しのおもん……」

長次は、伊佐吉を窺った。

伊佐吉は、知らないと首を横に振った。

「四十ぐらいの大年増ですよ」

平八郎は笑った。

「で、そのおもんと平八郎さんの拘わりは……」

長次は尋ねた。

「神田明神で掏摸を捕まえましてね。そいつを見ていたおもんが、此のお宝探し一両でやらないかと声を掛けて来て、見付ければ一割くれると……」

「それで引き受けましたか……」

長次は笑った。

「ま、隠した金が本当にあるのかどうかはともかく、一両の仕事、みすみす断れません」

　平八郎は苦笑した。

「いずれにしろ、地図に描かれているのは寺のようだ。先《ま》ずは浄雲が住職をしていた新鳥越の寺に行ってみるか……」

　伊佐吉は、平八郎と長次を誘った。

「うむ。長次さん、案内してくれますか……」

　平八郎は頼んだ。

「ええ……」

　長次は頷いた。

　平八郎、伊佐吉、長次は、新鳥越町の寺に向かった。

二

　浅草広小路は賑わっていた。

　平八郎は、伊佐吉や長次と浅草広小路の賑わいを横切り、花川戸《はなかわど》町《ちょう》から聖天町《しょうでんちょう》沿いの道を進んだ。そして、山谷堀《さんやぼり》に架かる山谷橋を渡って新鳥越町に入った。

新鳥越町は、蔵前の元鳥越町の替地である処から名付けられた町名であり、一丁目から四丁目迄ある。

その四丁目に何軒かの寺が連《つら》なっていた。

長次は、連なる寺を窺いながら進んだ。

「ああ。此の寺ですね」

長次は、一軒の古寺の前で立ち止まった。

平八郎は、古寺の山門の扁額《へんがく》を見上げた。

扁額には、薄れた墨《すみ》で『真妙寺《しんみようじ》』と書かれていた。

「入ってみよう……」

伊佐吉は、真妙寺の山門を潜って境内に入った。

平八郎と長次は続いた。

真妙寺の境内に人気はなかった。

平八郎は、古地図の写しを出して真妙寺の境内を見廻した。

本堂、方丈と庫裏《くり》、鐘楼《しようろう》、阿弥陀堂《あみだどう》……。

平八郎は、真妙寺の建物と古地図に描かれている建物を見比べた。

伊佐吉は、平八郎に尋ねた。

「どうだい……」

「うん。大体、同じだな……」

真妙寺の本堂や方丈などと古地図に描かれている建物は、ほぼ同じ位置にあった。

「そうか……」

伊佐吉は、境内の建物を見廻した。

「だが、違う処もある……」

平八郎は眉をひそめた。

「違う処……」

伊佐吉は戸惑った。

「平八郎さん、ちょいと見せて下さい」

「うん……」

平八郎は、古地図を長次に渡した。

長次は、古地図と真妙寺の建物を見比べた。

「成る程、鐘楼と阿弥陀堂の場所が入れ替わっていますね」

「ええ……」

「鐘楼と阿弥陀堂か……」

伊佐吉は、長次の持つ古地図を覗き込んだ。

「うん。入れ替わっているな……」

伊佐吉は眉をひそめた。

「長次さん、二十年前はどうでした」

「さあ、どうでしたか。そこ迄は覚えちゃあいませんでしてね」

長次は苦笑し、首を捻った。

「ま、浄雲の寺は此の真妙寺に違いないだろうが、地図に描かれた寺は違うのかな……」

平八郎は困惑を浮かべた。

「あの、どちらさまで……」

庫裏から出て来た中年の寺男が、平八郎たちに怪訝な眼を向けていた。

寺男の善七《ぜんしち》は、伊佐吉、長次、平八郎に茶を差し出した。

「それで親分さん、何か……」

善七は、微かな怯えを滲ませた。

「此処の先代の住職、浄雲さんと仰いますね」

伊佐吉は訊いた。

「浄雲さまですか……」

善七は眉をひそめた。

「ええ……」

「さあ、手前は五年前、今の御住職の良庵《りょうあん》さまに雇われましたので、それ以前の事は良く存じません……」

善七は告げた。

「そうか……」

伊佐吉は頷いた。

平八郎は、庫裏から方丈に続く廊下に人の気配を感じた。

初老の坊主が、廊下から庫裏に入って来た。

「あっ、良庵さま……」

善七は、初老の坊主を良庵と呼び、姿勢を正した。

「こちらさまは……」

良庵は、平八郎、伊佐吉、長次を見廻した。

「御住職の良庵さまにございますか。あっしは、お上の御用を承っている伊佐吉と申しまして、先代の浄雲さまについてちょいと調べておりましてね」

伊佐吉は、敢えて長次や平八郎を引き合わせずに話を進めた。

「ほう、先代の浄雲さまですか……」

「良庵さまは御存知ですか……」

「いいえ。この真妙寺は浄雲さまが心の臓の病で急死してから十年程、無住になりましてね。拙僧《せっそう》は、その後に住職になりましたので先代の浄雲さまの事は何も知らぬ」

良庵は、首を横に振った。

「御存知ありませんか……」

「うむ……」

良庵は頷いた。

「そうですか。御造作をお掛けしました」

伊佐吉は、礼を述べて帰ろうとした。

「あっ、処で良庵さま。此《こ》の真妙寺、浄雲さまの頃と変わった処はありますか……」

伊佐吉は、振り向いて尋ねた。

「いいえ。拙僧の知る限りでは、変わった処はないと思うが……」

良庵は眉をひそめた。

「そうですか。いや、お邪魔を致しました」

伊佐吉は礼を述べ、平八郎と長次を促して庫裏を出た。


「どう思う……」

伊佐吉は、出て来た真妙寺を振り返った。

「うん。良庵の云う通りなら、浄雲を知らないのに不思議はないな」

平八郎は、伊佐吉に並んで真妙寺を眺めた。

「ああ。じゃあ、隣りの寺の者にもちょいと訊いてみるか……」

伊佐吉は、真妙寺の隣りの寺を示した。

「そうだな……」

平八郎は頷いた。

「親分、平八郎さん、あっしは真妙寺の檀家《だんか》に行ってみますよ」

長次は告げた。

「檀家、知っているんですかい……」

「二十年前の檀家をね。ですから余り期待は出来ませんがね」

長次は苦笑した。

平八郎と伊佐吉は、長次と別れて真妙寺の隣りの寺を訪れた。

隣りの寺の寺男は白髪頭《しらが》の老爺であり、浄雲を知っていた。

「浄雲さまが亡くなった時は驚きました。いつも陽気で賑やかで、手前共にも気さくに声を掛けてくれる御住職さまでしてねえ」

老寺男は、懐かしそうに眼を細めた。

「で、真妙寺だが、浄雲さんが亡くなってから阿弥陀堂や鐘楼を建て替えたり、動かしたりはしなかったかな」

伊佐吉は尋ねた。

「さあ、なかったと思うが……」

老寺男の記憶は定かではなかった。

「二十年前の真妙寺にも寺男はいたと思うが、今はどうしているのか分かりますか……」

平八郎は、老寺男に訊いた。

「宇平《うへい》さんかい……」

「宇平さん……」

二十年前の真妙寺には、宇平と云う名の寺男がいたのだ。

「ああ。宇平さんなら、浄雲さまが亡くなってから雑司《ぞうし》ヶ谷《や》の娘さんの処に行ったよ」

「雑司ヶ谷……」

「ああ……」

寺男の宇平は、浄雲の死後に雑司ヶ谷の娘の処に引き取られたようだ。

「で、その娘さんの家、雑司ヶ谷の何処か分かりますか……」

「確か鬼子母神《きしぼじん》の近くだと聞いた覚えがあったかな……」

雑司ヶ谷の鬼子母神……。

平八郎は、宇平に逢ってみる必要を感じた。

夕陽は西の空を赤く染め始めた。

神田明神は、朝から参拝客で賑わっていた。

平八郎は、一膳飯屋で朝飯を掻《か》き込んで神田明神境内の茶店で茶を飲んだ。

僅かな時が過ぎた。

おもんが、軽やかな足取りで参道をやって来た。

相変わらずの粋な形と足取りは、大年増にしては若々しかった。

三十歳を過ぎているのは確かだが、四十歳にはなっていない……。

平八郎は睨んだ。

「旦那、お待たせしました」

おもんは、平八郎に挨拶をして茶店の亭主に茶を注文した。

「で、どうでした……」

おもんは、平八郎の隣りに腰掛けた。

「そいつが、浄雲が住職をしていた寺は分かったんだがね……」

「分かったんですか、お寺……」

おもんは声を弾ませた。

「ああ……」

「何処の何て寺でした」

「浅草は新鳥越町の真妙寺って寺だったよ」

「新鳥越町の真妙寺……」

おもんは、思い出すかのように呟いた。

「知っているか……」

「いいえ。流石ですねえ……」

おもんは感心した。

「だが、その真妙寺だが、阿弥陀堂や鐘楼の場所が地図とはちょいと違うんだな」

「違う……」

おもんは戸惑った。

「ああ……」

平八郎は頷いた。

「どう云う事ですか……」

おもんは眉をひそめた。

「ひょっとしたら、地図に描かれた寺は浄雲が住職をしていた真妙寺と、違うのかもしれないのだ」

「そうですか……」

おもんは、肩を落とした。

「尤《もっと》も浄雲が死んで二十年も経《た》っているから、建て替えたりしたのかもしれない。その辺も詳しく調べてみるつもりだ」

「そうか、そうですね……」

おもんは頷いた。

「うん。ならば俺はこれで……」

「そうですか、じゃあ宜《よろ》しく……」

「心得た……」

平八郎は、茶店を出て参道を鳥居に向かった。

おもんは、平八郎を見送って茶店を出た。

下っ引の亀吉《かめきち》が、灯籠の陰から現われておもんを追った。

平八郎は、鳥居の陰からおもんと亀吉を見送った。

おもんと亀吉は、神田明神から出て行った。

平八郎と伊佐吉は、おもんと真妙寺の良庵の詳しい素性を探る事にした。そして、伊佐吉は良庵を調べ、亀吉をおもんに張り付かせた。

「よし……」

平八郎は、雑司ヶ谷の鬼子母神に向かった。

根岸《ねぎし》の里石神井川《しゃくじいがわ》用水の北側には、緑の田畑が広がっていた。

長次は、石神井川用水沿いの小道を進んで縁側の広い家を窺った。

縁側の広い家の主は、二十年前に真妙寺の檀家総代だった織物屋の隠居だった。

長次は、檀家の伝手《つて》を辿《たど》り、二十年前の真妙寺と浄雲に詳しいのは檀家総代だった織物屋の旦那だと知った。そして、その旦那が今では隠居となり、根岸の里石神井川用水傍の隠居所で暮らしていた。

長次は、織物屋の隠居所を訪れた。

禿頭《はげあたま》の隠居は、広い縁側に腰掛けている長次に自ら淹れた茶を差し出した。

「こいつはおそれいります」

「出涸《でがら》しだよ。礼には及ばぬ……」

隠居は茶をすすった。

長次は続いた。

「で、御用とは浄雲さんの事かな……」

「はい。御隠居さま、二十年前、浄雲さんがこっそり金貸しをしていたって噂、御存知ですか……」

「金貸し……」

隠居は戸惑った。

「ええ。そして、貯め込んだ金を真妙寺の何処かに隠したまま急死したって噂も……」

長次は、隠居を窺った。

「知らぬ……」

隠居は白髪眉をひそめた。

「そうですか……」

「長次さんとやら、浄雲さんにそんな噂があるのかい……」

「ええ。ですが、噂は噂に過ぎません。御隠居さま、当時の浄雲さんに何か気になる事はありませんでしたか……」

「気になる事……」

「はい。たとえば普通の住職なら余り行かない処に良く行っていたとか……」

長次は、浄雲が皆の余り行かない処に金を隠していたと睨んでいた。

「普通なら余り行かない処ねえ……」

隠居は、光る禿頭を傾けた。

水鶏《くいな》の鳴き声が、石神井川用水の何処からか響いた。

神田川の流れは輝いていた。

神田明神を出たおもんは、神田川沿いの道を柳橋《やなぎばし》に向かった。

亀吉は、慎重に尾行た。

おもんは、尾行る亀吉に気付く事なく神田川沿いを進んだ。

亀吉は尾行た。

おもんは、神田川に架かる筋違御門《すじかいごもん》と和泉橋《いずみばし》の北詰を抜け、新《あたら》シ橋《ばし》の袂で立ち止まった。

亀吉は、素早く物陰に隠れた。

新シ橋の袂に立ち止まったおもんは、警戒する眼差しで辺りを見廻した。

亀吉は見守った。

おもんは、辺りに不審はないと見定めて傍《かたわ》らの船宿に入った。

亀吉は、船宿に駆け寄った。

船宿は『若菜《わかな》』と書かれた暖簾を揺らしていた。

船宿『若菜』に何しに来たのか……。

誰かと逢うのか……。

亀吉は見定めようとした。

新鳥越町の真妙寺の境内には、枯葉や枯れ枝を燃やす煙りが立ち昇っていた。

伊佐吉は、斜向《はすむ》かいの荒物屋の主に金を握らせ、店先から真妙寺を見張った。

住職の良庵は、朝の御勤《おつと》めを終えても出掛ける気配を見せなかった。

寺男の善七は、境内の掃除など忙しく働いていた。

今の処、良庵や善七に不審な処はない……。

伊佐吉は見張った。


神田明神を出た平八郎は、神田川沿いの道を進んで江戸川との合流地に向かった。

そして、船河原橋から江戸川沿いを進み、小日向《こひなた》を抜けて音羽町《おとわちょう》に出た。

平八郎は、江戸川に架かっている江戸川橋を渡った。そのまま音羽町を進めば、五代将軍綱吉《つなよし》の生母桂昌院《けいしょういん》の発願で建立《こんりゅう》された神霊山護国寺《しんれいざんごこくじ》に突き当たり、西の目白《めじろ》坂《ざか》を行けば鬼子母神のある雑司ヶ谷だ。

平八郎は、目白坂に進んだ。

子育て、子授けの神と知られる法明寺《ほうみようじ》鬼子母神は、雑司ヶ谷の町の奥にあった。
二十年前に真妙寺の寺男だった宇平は、鬼子母神近くに住んでいる娘の許《もと》にいる。
平八郎は、宇平と逢う為に鬼子母神にやって来た。
鬼子母神の境内の銀杏《いちょう》の大木の梢は、吹き抜ける風に微かな音を鳴らして揺れていた。
雑司ヶ谷鬼子母神で名高い〝子育て銀杏〟だった。
平八郎は、鬼子母神の境内に佇《たたず》んで辺りを見廻した。
鬼子母神の前には小さな門前町があり、裏手には緑の田畑があった。
平八郎は、門前の古びた茶店に入り、亭主に茶と団子を頼んだ。
宇平は何処にいるのか……。
平八郎は、鬼子母神の境内で遊び始めた幼い子供たちを眺めた。
「おまたせ致しました」
茶店の亭主が、平八郎に茶と団子を持って来た。
「うん……」
平八郎は、茶を飲んで団子を食べた。

「亭主、ちょいと尋ねるが、この辺りに宇平さんって年寄りはいないかな」

平八郎は、亭主に尋ねた。

「宇平さんですか……」

亭主は、微かな戸惑いを過らせた。

「うん。二十年前からこの辺にある娘の家に厄介になっている筈なんだがね」

「二十年前からですか……」

「ああ……」

「だったら蕎麦屋の隠居かな……」

「蕎麦屋の隠居……」

「ええ。昔、鬼子母神の境内で良く子守りをしていた父っつあんがいましてね」

「その父っつあんが、蕎麦屋の隠居か……」

「はい」

「名前は分かるか……」

「それが昔、聞いた覚えはあるんですが、蕎麦屋の隠居で通っていましてね。何て名前だったか……」

亭主は首を捻った。

「その蕎麦屋、何処かな……」

平八郎は、蕎麦屋に行ってみる事にした。


蕎麦屋は、鬼子母神門前の外れにあった。

「邪魔をする」

平八郎は、『そば八《はち》』と書かれた暖簾を潜って蕎麦屋に入った。

「いらっしゃいませ……」

若い娘が迎えた。

平八郎は片隅に座り、若い娘にあられ蕎麦を注文した。

若い娘は、注文を取って板場に向かった
「お父っつあん、あられ蕎麦、一つ……」

板場から若い娘の声が聞こえた。

「おう……」

蕎麦屋『そば八』の板前は父親……。

平八郎は睨んだ。

若い娘が、平八郎に茶を持って来た。

「どうぞ……」

「うん」

「いらっしゃいませ」

中年のおかみさんが、平八郎に挨拶をしながら入って来た。

「お帰り、おっ母さん。お祖父ちゃんが呼んでいたよ」

「あら、そうかい……」

蕎麦屋『そば八』のおかみさんは、帳場の奥に入って行った。

「お祖父ちゃんの宇平さんは、達者かな……」

平八郎は、不意に尋ねた。

「はい。えっ……」

若い娘は頷き、平八郎に戸惑いの眼差しを向けた。

平八郎は微笑んだ。

三

真妙寺の寺男だった宇平は、蕎麦屋『そば八』の隠居だった。

平八郎は、蕎麦屋『そば八』の娘のおはなに誘われて母屋《おもや》に通された。母屋の奥には隠居部屋があり、痩《や》せ細った年寄りが座っていた。

宇平だった。

「お祖父ちゃん、お客さまですよ……」

おはなは、狭い庭をぼんやりと眺めている宇平に声を掛けた。

「お客……」

宇平は、おはなと平八郎を振り返った。

「やあ……」

平八郎は笑った。

屈託のない明るい笑顔だった。

宇平は、平八郎の笑顔に釣られるように皺《しわ》だらけの顔を綻《ほころ》ばせた。

「宇平さん、俺は矢吹平八郎と云う者だよ」

「矢吹平八郎さん……」

宇平は、平八郎を見詰めた。

「うん。真妙寺の浄雲さんの事を教えて貰いたくてお邪魔したんだが……」

「真妙寺の浄雲さま……」

「うん……」

「浄雲さまか……」

宇平は、遠い昔を思い出すかのように眼を細めた。

「その浄雲さんだが、秘かに金貸しをしていたと聞いたが、本当かな……」

「ああ。本当だ……」

宇平は頷いた。

浄雲が、金貸しをしていたのは本当だった。

「で、そうして貯め込んだ金を真妙寺の何処かに隠していたって噂があるのだが、そいつはどうです」

「金を隠していた……」

宇平は、白髪眉をひそめた。

「うん。そう云う噂があって探している者がいるんだが、本当かどうか、宇平さんなら知っているかと思いましてね」

「さあ、そいつは知らないな……」

宇平は、眼を瞑《つむ》って首を振った。

「じゃあ、これを見てくれないか……」

平八郎は、古地図の写しを出して宇平に見せた。

宇平は眼を細め、古地図の写しを離して見た。

「何処の地図か分かりますか……」

「真妙寺だね……」

宇平は、古地図から眼をあげた。

「間違いありませんか……」

平八郎は念を押した。

古地図に描かれた阿弥陀堂と鐘楼の場所は、真妙寺とは違っている。だが、宇平は真妙寺だと云った。

「ああ。昔の事とは云え、十年間も隅から隅まで掃除をした寺だ。未だ未だ覚えているよ」

宇平は、懐かしそうに笑った。

「ですが、地図の阿弥陀堂と鐘楼、真妙寺では入れ替わっていましてね。場所が違うんですよ」

平八郎は眉をひそめた。

「だけど、この仏さまの絵の描かれている処は、大昔に見付けられた御本尊の観音《かんのん》さまが埋まっていた場所に間違いねえ。だから、阿弥陀堂と鐘楼の場所が入れ替わっていても真妙寺だと思う」

宇平は、自分の睨みに頷いた。

「そうですか……」

浄雲は、阿弥陀堂と鐘楼の場所をわざと入れ替えた地図を描いたのかもしれない。

平八郎は読んだ。

「ああ……」

「で、この仏像の描かれた処は、大昔に真妙寺の御本尊の観音さまが埋まっていた場所なんですね」

「うん。浄雲さまがそう云っていた」

真妙寺は、埋まっていた観音像が見付けられ、祀《まつ》られた処から出来た寺だった。

仏像の絵は、阿弥陀堂と鐘楼の西側の真ん中に描かれている。つまり、南側に阿弥陀堂、北側に鐘楼があり、その二つを南北に繋いだ西側に仏像の絵は描かれているのだ。しかし、実際の真妙寺は、南側に鐘楼、北側に阿弥陀堂があった。

「浄雲さんがねえ……」

「ああ。で、浄雲さまが金を隠していたと云うのかい……」

「ええ。噂ですがね」

「浄雲さま、仏に仕《つか》える身でありながら、金貸しをしたり、女を囲ったり、いろいろ忙しいお方だったからなあ」

宇平は笑った。

「そうだ。囲っていた妾の名前、知っているかな……」

「さあ、おせんとか、おこんとか云ったと思うが……」

宇平は、妾の名を良く覚えてはいなかった。

「そうですか……」

いずれにしろ、仏像の絵が描かれている処を詳しく探ってみるしかない。

平八郎は決めた。

神田川には荷船が行き交っていた。

亀吉は、船宿『若菜』を見張り続けていた。

おもんは、未だ船宿『若菜』に入ったままだった。

亀吉は、船宿『若菜』の若い船頭に小粒を握らせ、おもんが何をしているのか突き止めようとした。

若い船頭は、亀吉に渡された小粒を握り締め、おもんが男と逢っているのを教えてくれた。

「男、どんな奴だい」

「浅草花川戸のよし川《かわ》って料理屋の旦那だよ」

「花川戸のよし川の旦那……」

「ああ……」

「名前、何てんだい」

「吉五郎《よしごろう》だぜ」

おもんは、浅草花川戸町の料理屋『よし川』の旦那の吉五郎と逢っていた。

おもんと吉五郎は、どのような拘わりなのか……。

亀吉は想いを巡らせた。

僅かな時が過ぎた。

肥った中年の旦那が、船宿『若菜』から出て来た。そして、女将たちに見送られて若い船頭の操る猪牙舟に乗り込んだ。

若い船頭は、新シ橋の袂にいる亀吉に僅かに頷いて見せた。

肥った中年の旦那が、浅草花川戸町の料理屋『よし川』の吉五郎なのだ。

吉五郎は、若い船頭の操る猪牙舟で浅草花川戸町に帰って行った。そして、おもんが船宿『若菜』から女将に見送られて出て来た。

おもんは、船宿『若菜』の女将と挨拶を交わして新シ橋に向かった。

亀吉は追った。

長次は、真妙寺の二十年前の檀家を廻り続けた。

「若い妾……」

長次は戸惑った。

「ええ。浄雲さん、坊主の癖に若い妾を囲っていましてね。まったく呆れた生臭者ですよ」

檀家だったおかみさんは、呆れたように眉をひそめた。

「妾、若かったんですかい……」

長次は、金貸しのおもんが浄雲の妾だった老婆から古地図を手に入れたと、平八郎から聞いていた。

「ええ。十八か十九、いっていても二十歳ぐらいの女でしたよ」

「じゃあ、今頃は四十歳前後ってぐらいですかねえ」

「ええ、そんなもんですよ」

おかみさんは頷いた。

おかみさんの話が本当なら、おもんに古地図を渡した老婆は浄雲の妾ではない。

どう云う事なのか……。

長次は、微かな困惑を覚えた。


玉池稲荷《たまいけいなり》のお玉《たま》ケ池《いけ》には、小鳥の囀《さえず》りが響いていた。

神田川に架かった新シ橋を渡ったおもんは、柳原《やなぎわら》通りを横切って豊島町《としまちょう》から松枝町《まつがえちょう》に抜けて玉池稲荷横の裏通りに入った。

裏通りはお玉ケ池の傍に続き、小さな仕舞屋《しもたや》があった。

おもんは、小さな仕舞屋に入った。

亀吉は見届けた。

仕舞屋はおもんの住まいなのか……。

亀吉は、辺りに聞き込みに走った。

魚が跳《は》ね、お玉ケ池に波紋が広がった。

居酒屋『花や』の軒行燈に火が灯され、暖簾は夜風に揺れた。

店内は馴染客で賑わい、主で板前の貞吉と女将のおりんは忙しく働いていた。

平八郎、伊佐吉、長次、亀吉は、奥の小部屋に落ち合った。そして、平八郎は寺男だった宇平に聞いた事、伊佐吉は真妙寺の良庵たちの動き、長次は昔の檀家から聞いた話、亀吉はおもんが浅草花川戸町の料理屋『よし川』の主の吉五郎と逢い、玉池稲荷の横手の家に帰ったのを伝えた。

「じゃあ、二十年前に寺男だった宇平さんは、古地図の寺が真妙寺に間違いねえと云ったんだな……」

伊佐吉は眉をひそめた。

「ああ……」

平八郎は頷いた。

「で、真妙寺の昔の檀家は、浄雲の妾は二十歳ぐらいの若い女だと云ったんですかい」

伊佐吉は長次に訊いた。

「ええ。おもんの話とは違うのが気になりますね」

長次は眉をひそめた。

「うん。で、おもんは俺と別れた後、花川戸の料理屋よし川の吉五郎と逢ったんだね」

平八郎は、亀吉に訊いた。

「はい。おもんは、それからお玉ヶ池の傍の家に帰りました」

亀吉は頷いた。

「その家、おもんの持ち物だったのかい」

伊佐吉は眉をひそめた。

「ええ。自身番で訊いたんですが、元々は室町の大店の旦那が妾を囲う為に建てた仕舞屋だそうですが、旦那が死んで空き家になっていたのを、五年前におもんが買ったそうです」

亀吉は、聞き込んで分かった事を告げた。

「五年前か……」

「で、親分、真妙寺の良庵と善七に妙な動きはないんだな」

平八郎は尋ねた。

「ああ……」

伊佐吉は頷いた。

「そうか……」

平八郎は酒を飲んだ。

「何だか分からない事ばかりだな……」

伊佐吉は、手酌で酒を飲んだ。

「うむ。中でも一番良く分からないのはおもんだな……」

平八郎は、おもんに対して疑念を抱いた。

「ええ。おもんは古地図を浄雲の妾だった婆さんに借金の形で貰ったと云ったんですよね」

長次は眉をひそめた。

「ええ。だが、真妙寺の昔の檀家の話が本当なら、妾は今、四十歳前後、婆さんと云うには早過ぎますか……」

平八郎は、長次の睨みを読んだ。

「ええ。どっちが本当なのか……」

長次は苦笑した。

「やっぱり、おもんだな……」

伊佐吉は、厳しい面持ちで告げた。

「うん……」

平八郎は頷いた。

客の楽しげな笑い声が、店から賑やかに響いた。


腰高障子が叩かれた。

平八郎は、眼を覚《さ》ました。

障子は朝陽に輝き、家は既に明るかった。

朝陽に照らされた腰高障子には、男の影が映っていた。

「誰だ……」

「亀吉です」

男の影は亀吉だった。

平八郎は、心張棒を外して腰高障子を開けた。

亀吉が、狭い三和土《たたき》に入って来た。

「どうしました……」

「昨夜、新鳥越の真妙寺が押し込みに遭《あ》いました」

亀吉は、緊張した面持ちで告げた。

「押し込み……」

平八郎は眉をひそめた。

「ええ……」

「良庵や善七はどうした」

「酷い怪我《けが》をしていましてね。医者に担ぎ込みましたが、命の方は良く分かりませ
ん」

「そうか。ちょいと待ってくれ……」

平八郎は、寝間着を脱ぎ棄て下帯一本になって井戸端に走った。

平八郎は、井戸端で水を被《かぶ》って顔を洗った。

真妙寺は押し込みに遭った。

押し込んだのは何者なのか……。

何を狙っての押し込みなのか……。

平八郎は、水を被りながら想いを巡らせた。

真妙寺の押し込みは、浄雲の隠し金と拘わりがあるのかもしれない。

平八郎は水を被った。

水は飛び散り、陽差しに煌めいた。

真妙寺は山門を閉めていた。

平八郎と亀吉は、真妙寺の境内に入った。

伊佐吉が、本堂の階《きざはし》で待っていた。

「やあ……」

「良庵と善七、どうした」

平八郎は尋ねた。

「どうやら命は助かるそうだ……」

「そいつは良かった。で、押し込んだ奴らは盗人《ぬすっと》なのか……」

「そいつが良く分からないんだな」

「分からない……」

平八郎は戸惑った。

「ああ。ま、こっちに来てくれ」

伊佐吉は、平八郎を境内の一方に誘った。

そこは、南側に鐘楼、北側に阿弥陀堂があった。そして、鐘楼と阿弥陀堂を結ぶ線の西側にある椿《つばき》の木の根元が僅かに掘り返されていた。

僅かに掘り返された処は、古地図に描かれた仏像の位置だった。

「じゃあ、浄雲の隠し金を狙っての押し込みか……」

平八郎は厳しさを過らせた。

「きっとな……」

伊佐吉は頷いた。

「で、良庵と善七は何処で……」

「袈裟《けさ》に斬られ、此処に倒れていたそうだ」

「じゃあ、押し込んだ奴らが掘り返している処に来て斬られたのか……」

平八郎は読んだ。

「きっと、掘り返す物音に気付いて様子を見に来たんだろうな」

「良庵と善七、そいつは災難だったな」

平八郎は、良庵と善七に同情した。

「処がな、良庵と善七、匕首を握っていたんだぜ」

伊佐吉は、皮肉っぽい笑みを浮かべた。

「匕首……」

平八郎は眉をひそめた。

「ああ。どうやら押し込んだ奴らと命の遣り取りをしたようだぜ」

「坊主と寺男がか……」

「ふん。良庵と善七、只の坊主と寺男じゃあねえって訳だ」

「そうか……」

良庵と善七は、浄雲の残した隠し金の事を知り、真妙寺に潜り込んだのかもしれない。

「そして、真妙寺の中を探していたのかもな」

「うん。で、今、高村《たかむら》の旦那が寺社方に話を通して素性を洗っている」

南町《みなみまち》奉行所定町《じょうまち》廻り同心の高村源吾《げんご》は、寺や神社の支配である寺社奉行に話を通し、押し込みの探索を扱っていた。

「そうか。で、押し込んだ奴ら、此処から隠し金を掘り出したのかな」

平八郎は、椿の木の根元の掘り返された処を覗いた。

「いや。掘り返されていたのは、僅かに一尺。未だ何も出ない内に良庵と善七に気付かれたんだろうな」

「そうか。じゃあ……」

「ああ。もう少し、掘り返してみるぜ」

伊佐吉は、楽しげに笑った。

「そいつは良いな。それにしても、押し込んだ奴ら、何処の誰かだな」

「平八郎さん、良庵と善七もそうだが、浄雲の隠し金、裏渡世《うらとせい》にはそれなりに知られているのかもしれないぜ」

伊佐吉は読んだ。

「うん……」

「亀吉、そろそろ人足が来る筈だ。表を見て来い」

「はい」

亀吉は、門前に走った。

「よし、人足仕事はお手の物だ。俺も掘るぞ」

平八郎は張り切り、掘り返された椿の木の根元に立った。

向かい側に石灯籠《いしどうろう》が立っていた。

亀吉が、数人の人足を連れて来た。

浅草花川戸町は隅田川沿いの町であり、浅草広小路を入った処にあった。

料理屋『よし川』は、隅田川を眺められる処にあった。

長次は、料理屋『よし川』と主の吉五郎を調べた。

吉五郎は、八年前から料理屋『よし川』を営んでおり、商売上手と評判の旦那だった。そして、博奕《ばくち》に凝《こ》っており、博奕打ちとも親しい間柄だとの噂があった。

一癖も二癖もありそうな野郎……。

長次は睨んだ。


椿の木の根元は、広さ一坪、深さ三尺まで掘り下げられた。

掘られた穴からは何も出なかった。

「よし、一休みだ」

平八郎は、伊佐吉、亀吉、人足たちに声を掛けた。

平八郎は、掘り下げた穴の縁《ふち》に腰掛けて汗を拭った。

「どうやら、浄雲の隠し金、此処じゃあないな……」

伊佐吉は、吐息を洩らした。

「うん。考えてみれば、浄雲が一人で隠した金だ。こんなに手間暇掛けた面倒な真似はしないいし、出来ない筈だ」

平八郎は読んだ。

「ま、そう云う事だな……」

伊佐吉は頷いた。

「結局、何も分からずか……」

浄雲は、何年か後に金を掘り出すつもりではなく、時々出し入れ出来る場所に隠していたのだ。

だとすると寺の中か……。

だが、もしそうだとすれば良庵と善七が既に見付けている筈だ。

平八郎は、真妙寺を眺めた。

真妙寺は静けさに沈んでいた。

四

料理屋『よし川』は、隅田川からの川風に暖簾を揺らしていた。

肥った中年の旦那が、料理屋『よし川』から出て来た。

主の吉五郎だ……。

長次は睨んだ。
吉五郎は、鋭い眼差しで辺りを見廻した。
長次は、物陰に素早く隠れた。
吉五郎は、辺りに不審はないと見定めて浅草広小路に向かった。
長次は追った。
浅草広小路に出た吉五郎は、吾妻橋の西詰にある立場で町駕籠に乗った。
町駕籠を尾行るのは容易だ。
長次は、吉五郎を乗せて蔵前通りを浅草御門に向かう町駕籠を追った。

お玉ヶ池の水面は鏡のように輝いていた。
小さな仕舞屋の格子戸が開き、おもんが出て来た。
おもんは、眩しげに空を見上げ、軽い足取りで柳原通りに向かった。
平八郎は、亀吉と一緒に物陰から現われて追った。
何処に行くのだ……。
平八郎は追った。

柳原通りに出たおもんは、神田川沿いを新シ橋に向かった。

平八郎と亀吉は追った。

「新シ橋を渡れば、昨日、吉五郎と逢った船宿の若菜です」

亀吉は告げた。

「うん……」

平八郎は、おもんを追った。

おもんは、神田川に架かっている新シ橋に向かった。

行き先は、やはり船宿の若菜か……。

平八郎は、新シ橋を軽い足取りで渡るおもんを追った。

おもんは、船宿『若菜』の暖簾を潜った。


平八郎と亀吉は、新シ橋の袂で見届けた。

「吉五郎と逢うんですかね」

亀吉は眉をひそめた。

「きっとな……」

「平八郎さん、亀吉……」

長次が現われた。

「やあ……」

「おもんですか……」

「ええ。長次さんは……」

「吉五郎、来ていますよ」

長次は、船宿『若菜』を示した。

「やっぱり……」

亀吉は笑った。

「うん……」

平八郎は頷いた。

「処で真妙寺、どうでした」

長次は尋ねた。

「掘り返されていた地図に描かれた仏像の処を、みんなで掘り進めたんですが、金はありませんでしたよ」

平八郎は苦笑した。

「そうですか……」

長次は眉をひそめた。

「さあて、おもんと吉五郎、どんな拘わりなのか……」

「平八郎さん、お宝の古地図の本物を持っているのはおもんでしたね」

「ええ……」

「で、古地図に描かれた仏像の処が掘られたとなると……」

「押し込んだのは、古地図を知っている奴ですか……」

平八郎は、長次の云わんとしている事を読んだ。

「ええ……」

長次は、厳しい面持ちで頷いた。

「じゃあ、長次さんは、真妙寺に押し込んだのは、おもんの古地図を見た吉五郎だと……」

平八郎は眉をひそめた。

「違いますかね……」

長次は頷いた。

「成る程、それなら古地図に描かれた仏像の処が掘り返されていたのも分かりますね」

平八郎は頷いた。

「じゃあ、おもんと吉五郎は連《つる》んでいて、吉五郎が真妙寺に押し込み、気付いて駆け付けた良庵と善七を斬ったんですか……」

亀吉は読んだ。

「そう云う事だな……」

長次は、厳しさを過らせた。

「おもんの奴、俺を雇い、寺が何処か突き止めさせた訳だ」

平八郎は、腹立たしさを滲ませた。

「ま、そんな処ですか……」

長次は苦笑した。

平八郎は腐った。


神田川の流れには、荷船の船頭の歌う唄が長閑《のどか》に響いていた。

おもんが、船宿『若菜』に入って半刻が過ぎた。

船宿『若菜』から、吉五郎が女将たちに見送られて出て来た。そして、若い船頭の操る猪牙舟に乗って大川《おおかわ》に向かった。

荷を降ろして空《から》になった荷船が、吉五郎の乗った猪牙舟に続いて行った。

僅かな時が過ぎた。

船宿『若菜』からおもんが出て来た。

おもんは、見送る女将と挨拶を交わして新シ橋に向かった。


新シ橋を渡り始めたおもんは、行く手を見て微かな緊張を滲ませた。

「やあ……」

平八郎が佇んでいた。

おもんは、平八郎に探るような眼差しを向けた。

「矢吹の旦那……」

「おもん、只のお宝探しなら茶飲み話で済むが、押し込みの挙げ句、怪我人を出しちゃあ町奉行所も黙っちゃあいない」

「何のお話ですか……」

おもんは、浮かぶ狼狽を懸命に隠した。

「押し込んだのは、花川戸の料理屋よし川の主の吉五郎だな」

平八郎は、おもんを厳しく見据えた。

「旦那、何のお話か分かりませんねえ……」

おもんは、頬《ほお》を僅かに引き攣らせた。

「おもん、お前は浄雲の隠した金を手に入れる為、古地図に描かれた寺が何処か俺に探させた。そして、寺が新鳥越の真妙寺だと知れ、昨夜、吉五郎が押し込んだ。そうだな……」

「さあ、押し込みだの、吉五郎だの、何の事か、私にはさっぱり……」

「おもん、二十年前の真妙寺の寺男だった宇平さんに逢って来たよ」

「寺男の宇平……」

おもんは戸惑った。

「ああ。宇平さん、浄雲が囲っていた妾、覚えていたよ」

平八郎は鎌を掛けた。

おもんは、微かな怯えを過らせた。

平八郎は、己の掛けた鎌が真実だと知った。

「おもん、浄雲の隠した金の在処を描いた古地図は、浄雲の妾だった婆さんから借金の形で貰ったと云ったが、宇平の覚えている浄雲の妾は、二十歳前の若い女だったそうだ」

平八郎は、おもんを見据えて告げた。

「あら、そうなんですか……」

おもんは、必死に惚《とぼ》けた。

「二十年前に二十歳前後なら、今は四十歳の大年増。そして、名前はおもん……」

平八郎は笑みを浮かべた。

「宇平さん、達者なんですか……」

おもんは、自分が浄雲の妾だったと認めた。

「ああ。雑司ヶ谷の鬼子母神門前で蕎麦屋を営んでいる娘夫婦の世話になっているよ」

「そりゃあ良かった……」

おもんは微笑んだ。

「宇平さんを知っていたか……」

「時々、お手当を届けに来てくれましてね」

「そうか。処でおもん、若いお前が浄雲の妾になったのは、それなりの訳があったんだろうな」

「そりゃあそうですよ……」

「構わなければ教えちゃあくれないか……」

「旦那、貧乏な家の子供には生まれたくないもんですよ」

おもんは、淋《さび》しげな笑みを浮かべた。

「貧乏人の子に生まれたのは、俺も同じだ」

平八郎は苦笑した。

「それで、父親が浄雲さまにお金を借りたまま卒中で死にましてね。母親と私と弟妹が残されて、借金を返す当てもなく、困っていたら……」

「浄雲が妾になれば、父親の残した借金は棒引きにすると云ったのか……」

「それに、父親の弔《とむら》いをして母親と弟妹の暮らしが立つ金をくれると約束してね」

「浄雲、約束は守ったのか……」

「ええ。金には煩かったけど、優しい人でしたからね。ありがたかった……」

おもんは、浄雲を懐かしんだ。

「で、浄雲は心の臓の発作で頓死《とんし》した……」

「ええ。残していったのは、お酒を飲みながら描いたお金の隠し場所の地図一枚……」

「それと、おもんの妾奉公からの放免……」

おもんは、浄雲の死によって妾奉公から解き放たれて自由の身になったのだ。

「お陰さまで……」

「で、どうした……」

「妾奉公の時に通っていた常磐津《ときわず》のお師匠《ししよう》さんの伝手で芸者になりましてね」

「芸者か……」

「ええ。それから十五年、いろんな事があっていろんな男と出会って。辛い事もあったけど、楽しい事の方が多かった」

「そいつは良かったな」

おもんは、芸者あがりだった。

平八郎は、おもんの粋な形の理由を知った。

「で、芸者を辞めてどうした」

「のんびり暮らしていましたよ。そうしたら芸者の時のお客の吉五郎が現われ、何処で聞いたのか、浄雲さまの隠したお金の事を言い出しましてね。忘れていた古い地図を引っ張り出したんですよ」

「で、吉五郎は浄雲の隠した金を探そうと言い出したか……」

「ええ……」

おもんは頷いた。

「乗ったか……」

「ほんの退屈凌《しの》ぎ、遊びですよ」

おもんは笑った。

「じゃあ、俺はその退屈凌ぎの遊びに付き合わされたって訳だな」

平八郎は、己を嘲り笑った。

「申し訳ありません」

おもんは詫びた。

「そいつはいいが、押し込みを働いて怪我人を出したのは感心しないな」

「吉五郎の奴が、お金欲しさに焦ったんですよ」

「で、吉五郎はこれからどうするんだ」

「真妙寺の中を探してみるそうですよ」

「おもん、怪我をした真妙寺の良庵と善七も浄雲の隠した金を探していたようだ」

「じゃあ……」

「ああ。誰に聞いたのかしらないが、良庵と善七も只者じゃあない」

「真妙寺の中にもないなら、浄雲さまの隠したお金なんて最初からないのかも……」

「ああ……」

「浄雲さまも退屈凌ぎの遊びだったんですかねえ……」

おもんは、新シ橋の欄干の傍に佇んで神田川の流れを眺めた。

「かもしれないな……」

平八郎は、おもんに並んで神田川を眺めた。

神田川の流れは煌めいた。

「おもん、退屈凌ぎの遊びなら、死人が出ない内に止めるんだな」

平八郎は、おもんに並んだ。

「ええ。潮時《しおどき》ですねえ……」

おもんは微笑んだ。微笑みには微かな安堵《あんど》が滲んでいた。

「ああ。潮時だ……」

平八郎は頷いた。

猪牙舟は、吾妻橋を過ぎてから大川の東岸に寄り、源森橋《げんもりばし》を潜って源森川に入った。

荷船は続いた。

吉五郎の乗った猪牙舟は、源森川を進んで本所中ノ郷瓦町《ほんじよなかのごうかわらまち》の船着場に船縁を寄せた。

吉五郎は船着場に降り、中ノ郷瓦町に向かった。

長次と亀吉が、続いて着いた荷船から降りて吉五郎を追った。

吉五郎は、往来を進んで三下奴《さんしたやっこ》が掃除をしている店に向かった。

「三吉《さんきち》……」

吉五郎は、掃除をしていた三下奴に声を掛けた。

「これは吉五郎の旦那、昨夜はお疲れさまでした」

三吉と呼ばれた三下奴は、吉五郎に挨拶をした。

「貸元はいるかな」

「へい。どうぞ……」

吉五郎は、三吉に誘われて店に入った。

長次と亀吉は見届けた。

「長次さん、貸元って博奕打ちの貸元ですかね」

「ああ。吉五郎の野郎、どうやら博奕打ちどもと、昨夜、真妙寺に押し込んだようだな」

長次は睨んだ。

「ええ……」

「よし、親分と平八郎さんに報せろ」

「はい」

亀吉は、長次を残して立ち去った。

長次は辺りを見廻し、斜向かいにある一膳飯屋に向かった。

本所中ノ郷瓦町には、瓦を焼く窯《かま》場から煙りが立ち昇っていた。

平八郎は、亀吉に誘われて中ノ郷瓦町にやって来た。

「あそこです」

亀吉は、吉五郎の入った博奕打ちの貸元の店を示した。

「うむ……」

赤い前掛をした小女が、平八郎と亀吉に駆け寄って来た。

「お侍さま……」

小女は、平八郎を見上げた。

「何だ……」

平八郎は戸惑った。

「長次さんが……」

小女は、斜向かいの一膳飯屋を示した。


平八郎と亀吉は、小女に誘われて一膳飯屋に入って来た。

一膳飯屋には、長次と伊佐吉がいた。

「御苦労さん……」

平八郎は、小女を労《ねぎら》って長次と伊佐吉の許に進んだ。

「やあ……」

「待っていたぜ」

「博奕打ちの貸元だってな」

「ええ。不動《ふどう》の仁兵衛《じんべえ》って野郎です」

「不動の仁兵衛……」

平八郎は眉をひそめた。

「吉五郎、昨夜、仁兵衛の処の若い者を引き連れて真妙寺に押し込んだようだぜ」

伊佐吉は睨んだ。

「うん。で、どうする」

「長さんの探りじゃあ、今、仁兵衛の処にいるのは、仁兵衛の他に手下が三人と吉五郎の五人だ」

「五人か……」

「ああ」

伊佐吉は頷いた。

「よし。俺が表から踏み込んで仁兵衛と手下たちを叩きのめす。親分たちは、その隙に吉五郎をお縄にしてくれ」

平八郎は告げた。

博奕打ちの貸元の不動の仁兵衛は、覚めた眼で吉五郎を見詰めた。

「で、吉五郎さん、本当に浄雲の隠し金、あるんですかい……」

「ああ。浄雲が高利貸で金を稼《かせ》いでいたのははっきりしている。今夜から寺の中を調べるぜ」

「ま、住職の良庵と寺男は昨日の今日でいねえだろうが、町方もそれなりに眼を光らせている筈だ。くれぐれも油断のねえようにな」

「ああ、任せておけ……」

吉五郎は、狡猾な笑みを浮かべた。

「何だ、手前は……」

三吉の怒声が、店先からあがった。

吉五郎と仁兵衛は身構えた。

平八郎は、三吉の腕を取って鋭い投げを打った。

三吉は、土間に叩き付けられて呻いた。

「野郎……」

残る二人の博奕打ちは、長脇差と匕首を抜いて平八郎に向かった。

「やるか……」

平八郎は、嘲りを浮かべて戸口の隅にあった心張棒を手にして一振りした。

心張棒は、短い音を立てて空を斬った。

二人の博奕打ちは怯んだ。

「さあ、来い……」

平八郎は、撃剣館《げきけんかん》で弟弟子に稽古《けいこ》をつけるかのように二人の博奕打ちに向かった。

二人の博奕打ちは、長脇差と匕首を翳して猛然と平八郎に突っ込んだ。

平八郎は、心張棒で二人の博奕打ちの長脇差と匕首を叩き落とした。

二人の博奕打ちは怯んだ。

「未だ未だ……」

平八郎は、笑みを浮かべて二人の博奕打ちに迫り、心張棒を唸らせた。

二人の博奕打ちは、首筋と脾腹《ひばら》を打たれて意識を失い、土間に崩れ落ちた。


吉五郎は驚き、裏口に逃げようとした。

伊佐吉、長次、亀吉が裏口から入って来た。

「神妙にしろ吉五郎」

伊佐吉は怒鳴った。

「な、何だ……」

吉五郎は、激しく狼狽えた。

「手前が真妙寺に押し込み、良庵と善七に深手を負わせたのは分かってんだぜ」

伊佐吉は、吉五郎に襲い掛かった。

吉五郎は抗った。
長次と亀吉は、仁兵衛に向かった。
仁兵衛は、長脇差を振り廻して表に逃げた。
長次と亀吉は追い掛けようとした。
刹那、仁兵衛は弾き飛ばされたように障子を突き破って戻って来た。
長次と亀吉は、倒れ込んだ仁兵衛を押さえて縄を打った。
平八郎が、心張棒を手にして入って来た。
吉五郎の抗いは続いた。
「いい加減にしやがれ」
伊佐吉は、抗う吉五郎を十手で厳しく打ち据えた。
吉五郎は、悲鳴をあげて崩れた。
亀吉が飛び掛かり、素早く縄を打った。
「手間を掛けさせやがって……」
伊佐吉は吐き棄てた。

料理屋『よし川』の主の吉五郎は、真妙寺に押し込み、住職の良庵と寺男の善七に怪我を負わせた罪で捕えられた。

おもんは、高村源吾の厳しい詮議《せんぎ》を受けたが、押し込みには拘わりないと放免された。

浄雲の隠し金探しは、意外な形で終わりを告げた。

浅草新鳥越町真妙寺は静寂《せいじゃく》に包まれていた。

住職の良庵と寺男の善七は、平八郎たちの睨み通り正体は盗人だった。良庵と善七は、真妙寺に浄雲の隠し金があると云う噂を知り、住職と寺男に化《ば》けて潜り込んで探していたのだ。そして、見付ける前に吉五郎たちが押し込み、争いになって深手を負わされた。

男たちを争わせた浄雲の隠し金は、本当にないのか……。

平八郎は、掘り返された仏像の描かれた椿の木の根元を見詰めた。

椿の木は西側にあり、北側の阿弥陀堂、南側の鐘楼の間にある。だが、分からないのは、おもんの古地図だ。古地図には北側に鐘楼、南側に阿弥陀堂が描かれている。

平八郎は、古地図を逆さにして北と南の方角を合わせた。

西側の椿の木の場所には、東側にある石燈籠が当てはまった。

石燈籠……。

平八郎は、東側にある石燈籠に近寄った。
石燈籠は苔《こけ》むした古い物だ。
平八郎は、石燈籠を調べ始めた。
石燈籠の火を灯す処には、風雨に晒《さら》されて枯葉や土や虫の死骸《しがい》などが入っていた。
寺男に扮《ふん》した善七は、石燈籠を調べも掃除もしなかったようだ。
平八郎は、石燈籠の台座を調べた。
台座は苔に覆《おお》われていた。
平八郎は、苔を剝《は》ぎ取った。
石柱と台座の間には、僅かな空間があった。
平八郎は、僅かな空間に手を入れ、入り込んでいる土や枯葉を取り除いた。
取り除いた土の中には、泥《どろ》に塗《まみ》れた古い革袋があった。
平八郎は、革袋を手に取って逆《さか》さに振った。
革袋から一分金が一枚、転がり落ちた。
一分金……。
平八郎は、隙間に手を入れて尚《なお》も探った。だが、他には何もなかった。
一分金の一枚入った革袋には、他にも金が入っていたのかもしれない。

浄雲の隠した金……。

平八郎は、石燈籠の台座を詳しく調べた。

台座の隙間の蓋《ふた》と思われる石があった。

浄雲は、石燈籠の石柱と台座に隙間を作り、金を入れた革袋を隠していたのだ。

革袋は、切り餅が五、六個入る大きさだ。

浄雲の隠していた金は、一万両でも五千両でもなくせいぜい百五十両から二百両なのだ。

まあ、坊主の秘かな金貸しだ。そんな処だろう……。

平八郎は、妙に納得した。

噂通り、浄雲は金を隠していたのだ。

平八郎は見極めた。

浄雲は、妾の若いおもんに細工《さいく》をした地図を残した。何故、浄雲がおもんに細工をした地図を残したのかは分からない。ひょっとしたら、隠した金が何者かに狙われていると思っての事なのかもしれない。

だが、浄雲の金は何者かに奪われた。

平八郎は、想いを巡らせた。

お玉ヶ池は小鳥の囀りに覆われていた。

平八郎は、おもんの家の縁側に腰掛け、垣根の外に見えるお玉ヶ池を眺めた。

「どうぞ……」

おもんが、台所から茶を持って来た。

「造作を掛けるな。戴く」

平八郎は茶をすすった。

「で……」

おもんは、平八郎に話を促した。

「こいつを見てくれ」

平八郎は、古い革袋をおもんに見せた。

「これは……」

おもんは、戸惑いを浮かべた。

「真妙寺の境内の石燈籠の台座に隠されていたよ」

「じゃあ、浄雲さまの……」

「うむ。だが、中にはこいつがあっただけだ」

平八郎は、一分金を出して見せた。

「一分金……」

「じゃあ、誰かが……」

おもんは眉をひそめた。

「きっとな。で、いろいろ調べたよ」

平八郎は茶を飲んだ。

「分かったんですか、持ち出した者が……」

「ああ。だが、一昨日死んでいた」

「死んでいた……」

おもんは戸惑った。

「うむ。持ち出した浄雲の隠し金で、娘夫婦と孫娘に蕎麦屋を作ってやってな」

「まさか……」

おもんは、平八郎の話に心当たりがあったのか、眼を瞠《みは》った。

「おそらく、そのまさかだ……」

平八郎は頷いた。

「それで、一昨日死んだのですか……」

「朝、孫娘が起こしに行ったら死んでいたそうだ」

「じゃあ、眠ったまま……」

「ああ。羨《うらや》ましい死に方だ……」

平八郎は、冷えた茶をすすった。

「お茶、淹れ替えますよ」

おもんは、平八郎の茶を淹れ替えに行った。

平八郎は、お玉ヶ池を眺めた。

お玉ヶ池は、眩しく煌めいていた。

「浄雲さまのお金、役に立って良かった……」

おもんは、茶を淹れながら洩らした。

平八郎は、お玉ヶ池を眺めながら微笑んだ。

第三話　蚊遣《かや》り

一

「どうです。やりますか……」

口入屋『萬屋《よろずや》』万吉は、丸い眼に微かな狡猾さを過らせた。

「大店の娘のお出掛けのお供か……」

平八郎は眉をひそめた。

「ええ。お嬢さまのお出掛けのお供をするだけで一朱。随分と割の良い楽な仕事じゃありませんか……」

万吉は、薄笑いを浮かべて勧《すす》めた。

薄笑いで勧める裏には、一筋縄ではいかない何かが隠されている。

狸親父め……。

平八郎は、腹の中で万吉を罵《ののし》った。

「ま、お嬢さまは昼前に出掛け、遅くても日暮れ前には戻る半日仕事。それで一朱なら引き受ける人は大勢いますよ」

万吉は、仕事を他人に廻す素振りを見せた。

「分かった……」

平八郎は渋々頷いた。

いつもの遣り取り、いつもの事だった。

「ま、蚊遣りみたいなもんです。気楽にやって下さい」

万吉は、狸面《づら》で笑った。

「蚊遣り……」

平八郎は眉をひそめた。

「ええ。お嬢さまに妙な虫が付かないように見張り、付きそうになったら追い払う蚊遣りですよ」

「成る程、蚊遣りか……」

蚊遣りとは、蚊を追い払うために煙りを燻《くすぶ》らせ立てる事を云った。

上手い事を云う……。

平八郎は感心した。

下谷広小路は賑わっていた。

仏具屋『寿宝堂《じゆほうどう》』は上野《うえの》新黒門町《しんくろもんちよう》にあり、下谷広小路に面していた。

平八郎は、仏具屋『寿宝堂』を眺めた。

仏具屋『寿宝堂』は、店先に何枚もの大名旗本家御用達の金看板を掲げた老舗大店であった。

平八郎の仕事は、仏具屋『寿宝堂』の十七歳になる一人娘の外出時のお供だ。

「さあて……」

平八郎は、大きく背筋を伸ばし、四股《しこ》を踏んで仏具屋『寿宝堂』に向かった。

仏具屋『寿宝堂』の店内には高価な仏壇が並び、数珠《じゅず》や鈴《りん》などの様々な仏具が売られていた。

平八郎は、帳場の奥の座敷に通された。

「どうぞ……」

手代が茶を差し出した。

「うん……」

平八郎は、出された茶を飲んだ。

美味い……。

老舗仏具屋の茶は、流石に上等なものだ。

平八郎は感心した。

「お待たせ致しました」

中年の旦那が、老番頭を従えて入って来た。

平八郎は、湯呑茶碗を置いた。

「寿宝堂の主の宗右衛門《そうえもん》にございます」

中年の旦那が、平八郎に挨拶をした。

「手前は番頭の幸兵衛《こうべえ》にございます」

「私は矢吹平八郎です……」

口入屋の周旋で来た浪人に、雇い主である大店の主が逢う事など滅多《めった》にない。それなのに、宗右衛門は自ら出て来たのだ。

平八郎は、主の宗右衛門が一人娘を如何に可愛がっているかを知った。

「さて、仕事の内容はお聞きですね」

宗右衛門は、平八郎を見詰めた。

「はい」

平八郎は頷いた。

「そうですか。して、矢吹さまは駿河台《するがだい》の撃剣館に通う神道無念流の達人だとか

「……」

宗右衛門は、平八郎に探る眼を向けた。

「達人かどうか分かりませんが、印可は受けています」

平八郎は苦笑した。

口入屋『萬屋』の万吉は、宗右衛門に平八郎を売り込んでいたのだ。

「それはそれは……」

宗右衛門は、満足げに頷きながら平八郎の様子を窺った。

「旦那さま……」

老番頭の幸兵衛が、主の宗右衛門を窺った。

「うむ。矢吹さまにお願いしますよ」

宗右衛門は、幸兵衛に告げた。

「はい。矢吹さま、お嬢さまはおきぬさまと仰られまして、毎月一の付く日はお針、三の付く日はお茶、五の付く日はお琴、八の付く日には生花のお稽古に出掛けられます」

幸兵衛は、仏具屋『寿宝堂』の一人娘のおきぬの出掛ける日を告げた。

「お嬢さんのお供は……」

「お嬢さま付きの女中のおすずがお供します」

「そうですか。処で旦那、お嬢さんに妙な奴でも付き纏っているんですか……」

平八郎は、宗右衛門に尋ねた。

「そいつがはっきりしないのです」

宗右衛門は眉をひそめた。

「はっきりしない……」

「ええ。おきぬとおすずの話では、近頃、出掛けると派手な縞の半纏を着た男を良く見掛けると……」

「派手な縞の半纏を着た男……」

平八郎は眉をひそめた。

「分かっているのはそれだけなんですが、おきぬが気味悪がりましてね」

「成る程……」

平八郎は頷いた。

派手な縞の半纏の男は、おきぬに対して何かを企てているのかもしれない。

拐かして手込めにするか、金を脅《おど》し取るつもりか……。

それとも、若い女たちの只の気のせいに過ぎないかもしれない。

いずれにしろ、派手な縞の半纏の男を見てみなければ何とも云えない。

「じゃあ番頭さん、矢吹さまにおきぬを……」

宗右衛門は、老番頭の幸兵衛に命じた。

「はい。では矢吹さま、母屋の方に……」

「うむ……」

平八郎は、幸兵衛に誘われて母屋に向かった。


仏具屋『寿宝堂』の一人娘のおきぬは、屈託のない明るい人柄だった。

「わあ、矢吹さまって剣術の名人なんですってね」

おきぬは、眼を輝かせた。

「いや。多少は遣うが、名人って程ではない」

平八郎は苦笑した。

「でも、今迄に負けた事がないって……」

「誰が云ったのだ」

「万吉さん……」

「狸親父め……」

「狸親父って万吉さん……」

おきぬは眼を丸くした。

「う、うん……」

平八郎は頷いた。

「そう云えば万吉さん、狸に似ていますね」

おきぬは声をあげて笑った。

「お嬢さま……」

女中のおすずは、眉をひそめておきぬを窘《たしな》めた。

おきぬは、首を竦《すく》めて悪戯《いたずら》っぽく舌を出した。

平八郎は、秘かに笑った。

「お嬢さま、そろそろお出掛けの刻限です。お仕度を……」

「あら、そう。じゃあ仕度をしてきます」

おきぬは、慌ただしく自分の部屋に行った。

「そうか、今日は十三日か……」

「はい……」

おすずは頷いた。

「三の付く日は、確かお茶の稽古だったな」

「左様にございます」

「茶のお師匠《ししょう》さんの家は何処ですか……」

「本郷の菊坂台町《きくざかだいちょう》です」

「本郷の菊坂台町か。で、派手な縞の半纏を着た男とは、どんな奴なんだ」

「背が高くて痩せた三十歳ぐらいの男です」

おすずは、微かな不安を滲ませた。

「背が高くて痩せた三十ぐらいの男か……」

「はい……」

「よし。じゃあ、俺は店で待っている」

平八郎は座を立った。

「あっ、矢吹さま、お嬢さまは裏からお出掛けになりますので……」

おすずは告げた。

「心得た」

平八郎は、奥座敷を出た。

下谷広小路は相変わらず賑わっていた。

平八郎は、行き交う人々に派手な縞の半纏を着た男を捜した。

もし、派手な縞の半纏を着た男が、おきぬに付き纏っているのなら何処かで見張っている筈だ。だが、それらしい男は見当たらなかった。

おきぬとおすずは、仏具屋『寿宝堂』の内玄関を出て湯島天神裏門坂道に向かった。

平八郎は、一定の距離を取って続いた。

先ずは、派手な縞の半纏を着た男を見定める。

平八郎は、おきぬとおすずの周囲に派手な縞の半纏を着た男が現われるのを待った。

おきぬとおすずは、湯島天神裏の切通しを抜けて本郷通りに出た。そして、本郷の通りを北に進んで菊坂台町に入った。

平八郎は続いた。

おきぬは、時々おすずに話し掛けては笑い、屈託のない様子で進んだ。

おすずは、微笑みながらおきぬの話を聞いていた。

二十四、五歳の落ち着いた女……。
平八郎は、おすずが信頼出来る女だと見た。

おきぬとおすずは、菊坂台町の板塀に囲まれた仕舞屋に入った。

仕舞屋には『茶の湯指南・桂井宗春《かつらいそうしゅん》』の看板が掛かっていた。

おすずは板塀の内に入り、平八郎を振り返って木戸を閉めた。

平八郎は、辺りを窺った。

派手な縞の半纏を着た男は現われなかった。

平八郎は、物陰に潜んだ。

派手な縞の半纏を着た男が、おきぬに付き纏っているとしたなら、既にいつ何処に行くかは突き止めている筈だ。

いつ現われても不思議はない……。

平八郎は、辺りを警戒した。


半刻が経った。

そろそろ稽古の終わる刻限だ。

平八郎は、辺りを窺った。

派手な縞の半纏を着た男は、やはり現われなかった。

仕舞屋の板塀の木戸が開き、おすずが緊張した面持ちで出て来て平八郎を捜した。

平八郎は物陰を出た。

おすずは、心配げに平八郎を見詰めた。

「大丈夫だ」

平八郎は頷いた。

おすずは、安堵した面持ちで振り返った。

おきぬが笑顔で出て来た。

「お待たせしました」

「なあに仕事だ。気遣い無用」

平八郎は笑った。

「それではお嬢さま、お店に……」

おすずは、おきぬを促した。

「おすず、久し振りに湯島の天神さまにお詣《まい》りしない……」

「湯島天神ですか……」

おすずは戸惑った。

「ええ。今日は矢吹さまがいるから平気よ。ねっ、だから久し振りにお詣りしましょうよ」

「でも、旦那さまは寄り道をせず、真《ま》っ直《す》ぐ帰って来いと……」

おすずは躊躇った。

「お茶の稽古の帰りには、いつも湯島天神に寄っていたのか……」

平八郎は尋ねた。

「はい。ですが、派手な縞の半纏を着た男に気が付いてからは……」

おすずは眉をひそめた。

「そうか……」

「でも、矢吹さまが一緒だから……」

おきぬは、おすずに手を合わさんばかりに頼んだ。

「矢吹さま……」

おすずは、困り果てたように平八郎を見た。

「よし、おすずさん、俺が眼を光らせる。久し振りにお詣りするがいい」

「うわあ、ありがとう、矢吹さま……」

おきぬは喜んだ。

「宜《よろ》しくお願いします」

おすずは、平八郎に頭を下げた。

「じゃあ、行こう」

平八郎は促した。

もしも、派手な縞の半纏を着た男が見張っているのなら、湯島天神に立ち寄れば何らかの動きを見せるかもしれない。

平八郎は、おきぬやおすずと湯島天神に向かった。


湯島天神は参拝客で賑わっていた。

おきぬとおすずは、拝殿に手を合わせてお神籤《みくじ》を引いたりし、湯島天神を久し振りに楽しんでいた。

派手な縞の半纏を着た男……。

平八郎は、おきぬとおすずの周囲を油断なく見張った。

二人の浪人が、おきぬとおすずに近付いた。

平八郎は眉をひそめた。

二人の浪人は、無精髭《ぶしょうひげ》を伸ばした薄汚い顔に好色な笑みを浮かべ、おきぬとおすずに話し掛けた。

おすずは、おきぬを庇うようにして二人の浪人から離れようとした。だが、二人の浪人は、おきぬとおすずに執拗《しつよう》に付き纏った。

どうしようもない奴らだ……。

平八郎は舌打ちをし、二人の浪人の前に立ちはだかった。

おきぬとおすずは、平八郎の背後に素早く隠れた。

「何だ、手前……」

二人の浪人は、平八郎を睨み付けた。

「いい加減にするんだな……」

平八郎は、二人の浪人を厳しく見据えた。

参拝客たちが眉をひそめ、平八郎と二人の浪人を遠巻きにした。

「煩せえ。邪魔をするな」

浪人の一人が、平八郎に殴《なぐ》り掛かった。

刹那、平八郎は身を沈め、殴り掛かった浪人の腕を取って大きな投げを打った。

浪人は、大きく宙を舞って地面に叩き付けられた。

土煙が舞い、浪人は苦しく呻いた。

遠巻きにした参拝客たちは笑った。

「おのれ……」

残った浪人は激昂《げっこう》し、猛然と平八郎に斬り掛かった。

平八郎は、浪人の刀を躱《かわ》して抜き打ちの一刀を放った。

平八郎の放った一刀は、浪人の刀を握る腕を斬り裂いた。

浪人は刀を落とし、斬られた腕を押さえた。

「これ以上、怪我をしたくなければ、早々に立ち去れ」

平八郎は、厳しく命じた。

二人の浪人は、慌てて逃げ去った。

「凄い、矢吹さま……」

おきぬは、声を弾ませた。

「いや。それ程でもない……」

平八郎は照れた。

「矢吹さま……」

おすずは、緊張した声で平八郎を呼んだ。

「どうした……」

「あそこに……」

おすずは一方を示した。

遠巻きにしていた参拝客の背後に、派手な縞の半纏を着た男がいた。

派手な縞の半纏を着た男は、平八郎とおすずが見ているのに気付いて慌てて身を翻《ひるがえ》した。

「茶店で待っていろ」

平八郎は、おすずに云い残して派手な縞の半纏を着た男を追った。

派手な縞の半纏を着た男は、参拝客の行き交う参道を足早に進んだ。

平八郎は追った。

「行き先、突き止めますよ」

背後から来た長次が、平八郎を追い抜き態《ざま》に囁いた。

「長次さん……」

平八郎は、戸惑いながらも長次を見送った。

長次は、派手な縞の半纏を着た男を追って鳥居を潜って行った。

背が高くて痩せた三十歳ぐらいの男……。

派手な縞の半纏を着た男は、おすずの言葉通りの人相風体だった。

平八郎は、おきぬとおすずが待っている茶店に戻った。

二

派手な縞の半纏を着た男は、背後を警戒しながら中坂《なかざか》を下った。

長次は、慎重に尾行た。

平八郎が追って来るのを警戒している……。

長次は、派手な縞の半纏を着た男の腹の内を読んだ。

派手な縞の半纏を着た男は、途中の三叉路《さんさろ》を曲がって妻恋坂に出た。そして、平八郎が追って来ないのを見定め、明神下の通りから神田明神門前町の外れにある蕎麦屋に入った。

長次は見届けた。

さあて、どうする……。

長次は、派手な縞の半纏を着た男の名と素性が知りたくなった。

「邪魔するぜ……」

長次は、蕎麦屋の暖簾を潜った。

「おいでなさい」

初老の亭主が、長次を迎えた。

長次は、店の隅で酒を飲んでいる派手な縞の半纏を着た男を一瞥し、亭主に注文した。

「酒とせいろを頼むぜ……」

「はい」

「父っつあん、俺も酒だ……」

派手な縞の半纏を着た男が、徳利を猪口の上で逆さに振りながら注文した。

「卯《う》之《の》吉《きち》、昼間から飲み過ぎだぜ」

亭主は眉をひそめた。

「良いから頼むぜ」

派手な縞の半纏を着た卯之吉は、亭主に頼んだ。

「後一本だけだぜ」

亭主は、板場に入って行った。

長次は、卯之吉を窺った。

卯之吉は、落胆したように吐息を洩らして猪口の酒をすすった。

長次は、秘かに見守った。


おきぬとおすずは、平八郎に伴われて仏具屋『寿宝堂』に戻った。

「ああ、楽しかった」

おきぬは、嬉しげに笑った。

「そいつは良かったな」

平八郎は苦笑した。

「ええ。矢吹さま、次は明後日、十五日のお琴のお稽古。お師匠さまの家は浅草です。帰りに観音さまをお詣りして美味しい物を食べましょうね」

おきぬは、声を弾ませた。

「う、うむ……」

「じゃあ、御機嫌《ごきげん》よう……」

おきぬは、平八郎に手を振りながら仏具屋『寿宝堂』に入って行った。

平八郎は、苦笑しながら見送った。

「お疲れさまでした」

おすずは、平八郎を労った。

「おすずさんも久し振りの湯島天神、疲れただろう」

「いいえ。それより矢吹さま、あの縞の半纏の男は……」

おすずは眉をひそめた。

「心配いらぬ。今頃、俺の知り合いが、名前と素性を突き止めている筈だよ」

「知り合い……」

おすずは戸惑った。

「うん。偶々《たまたま》、湯島天神にいたんだ」

「偶々ですか……」

「ああ。きっと明神下の俺の家に来たんだが、留守だったので、湯島天神で暇を潰《つぶ》していたのかもしれないな」

平八郎は睨んだ。

神田明神門前の盛り場は西日を受け、連なる店は開店の仕度に忙しかった。

卯之吉は、蕎麦屋を出て盛り場を進んだ。

長次は追った。

卯之吉は、おりんが掃除をしている居酒屋『花や』の前を抜け、明神下の通りに向かった。

「おりんさん……」

長次は、店の前の掃除をしているおりんに声を掛けた。

「あら、長次さん……」

おりんは戸惑った。

「平八郎さんにあっしは卯之吉を追ったと」

長次は、立ち去って行く卯之吉を示しながら囁いた。

「は、はい……」

おりんは、戸惑いながら頷いた。

「後で来るよ」

長次は、卯之吉を追って立ち去った。

おりんは、呆気に取られた面持ちで見送った。

卯之吉は、明神下の通りと御成《おなり》街道を横切り、神田仲町《なかまち》一丁目の裏通りに入った。

そして、裏通りにある古い長屋の木戸を潜り、奥の家に入った。

長次は見届けた。

長屋の家々からおかみさんたちが現われ、井戸端で賑やかに夕餉《ゆうげ》の仕度を始めた。

古い長屋に夕陽が差し込んだ。


神田明神門前の居酒屋『花や』の軒行燈に火が灯された。

蚊遣りの一日目は終わった。

平八郎は、居酒屋『花や』の暖簾を潜った。

「いらっしゃい……」

女将のおりんが迎えた。

「やあ。邪魔をする」

平八郎は片隅に座った。

おりんが、徳利と猪口を持って来た。

「長次さん、卯之吉って人を追って行きましたよ」

おりんは、平八郎に猪口を渡して酌をした。

「卯之吉……」

平八郎は眉をひそめた。

「ええ。それで、後で来るって……」

おりんは、そう云って板場に入って行った。

卯之吉……。

平八郎は、派手な縞の半纏を着た男の名を知った。

居酒屋『花や』に客が訪れ始めた。

平八郎は、手酌で酒を飲みながら長次の来るのを待った。

「邪魔するよ」

長次が来た。

「いらっしゃいませ……」

おりんは、長次を迎えて平八郎を示した。

「酒を……」

「はい」

長次は、おりんに酒を注文して平八郎の許にやって来た。

「造作を掛けましたね……」

平八郎は、長次に酌をした。

「畏れいります」

長次は、注がれた酒を飲んだ。

「で、卯之吉、何者でした」

「神田仲町一丁目にある庄助《しょうすけ》長屋に住んでいましてね。腕の良い鍛金師《たんきん》だそうですよ」

「鍛金師……」

平八郎は戸惑った。

〝鍛金師〟とは、銀を絞《しぼ》って立体的な形を作る職人を云い、その品物は急須、薬罐《やかん》、銘々皿、徳利、猪口、香炉などがある。

「ええ。形は博奕打ちか遊び人ですがね」

長次は、平八郎の戸惑いを読んだ。

「はい。てっきりそう思っていましたが、鍛金師でしたか……」

「で、鍛金師の卯之吉、何をしたんですかい」

長次は眉をひそめた。

「そいつが……」

平八郎は、卯之吉が仏具屋『寿宝堂』の一人娘のおきぬに付き纏っている事を長次に教えた。

「それで、何処の誰か突き止めて捕えようってんですか……」

「ま、そうですが、寿宝堂の旦那は、追い払ってくれれば良いそうでしてね。つまり、俺は付き纏う悪い虫を追い払う蚊遣りって処ですか……」

平八郎は、手酌で酒を飲んで苦笑した。

「蚊遣りですか……」

長次は笑った。

「ええ。それで、一人娘のおきぬが出掛ける時のお供をすれば一朱です」

平八郎は嬉しげに告げた。

「ほう、そいつは結構な給金ですね」

長次は感心した。

「でしょう。それに一人娘のおきぬ、お茶にお針にお琴に生花、いろいろ習っていましてね。お供には事欠きませんよ」

「割の良い仕事ですか……」

「まあ、そうですね」

平八郎は、楽しげに酒を飲んだ。

「で、卯之吉、どうするんです」

「そいつなんですが、卯之吉がおきぬに付き纏う理由によりますね」

平八郎は、猪口を置いた。

「ええ。只の岡惚れか、拐かしなんかを狙っての事か、事と次第《しだい》によってですね」

長次は、厳しさを漂わせた。

「もし、拐かしを狙っての事なら、仲間がいるのかもしれませんし……」

平八郎は、空《から》の猪口に手酌で酒を満たした。

「卯之吉、詳しく調べてみますか……」

「ええ……」

平八郎は、猪口の酒を飲み干した。


神田仲町一丁目の庄助長屋は、おかみさんたちの洗濯も終わって井戸端に人気はなかった。

平八郎は、長次と共に木戸から卯之吉の家を見張った。

奥にある卯之吉の家からは、銀器を絞る金槌《かなづち》の音が微かに洩れていた。

「卯之吉、仕事をしているようですね」

「ええ。今日はおきぬも稽古に出掛けませんからね」

平八郎は読んだ。

「卯之吉、おきぬの習い事の稽古日を知っていますか……」

「ええ。おそらく……」

平八郎は頷いた。

「岡惚れの一念ですかい」

「かもしれません」

平八郎は笑った。

「それにしても、三十男が十七歳の小娘に岡惚れってのもねえ……」

長次は眉をひそめた。

「人の好みは他人に窺い知れませんからね」

「成る程。じゃあ、卯之吉の身辺、じっくり調べてみますか……」

長次は笑った。

下谷広小路は賑わっていた。

銀器屋『銀屋《しろがねや》』は、仏具屋『寿宝堂』の眼と鼻の先の上野元黒門町にあった。

平八郎と長次は、卯之吉が出入りしている『銀屋』を訪れた。

『銀屋』の店内には、銀で作られた様々な食器、香の道具、置物などが並んでいた。

平八郎と長次は、番頭に卯之吉の事を尋ねた。

「卯之吉さん、そりゃあ良い仕事をしますよ。これも卯之吉さんの仕事ですがね……」

番頭は、帳場の奥の棚に飾ってあった桔梗《ききょう》の模様の香炉と香合を取って見せた。

「ふうむ……」

平八郎は、桔梗模様の香炉を見廻した。

花柄の香炉と香合は、いぶし銀の輝きを放った見事な品物だった。

「これが卯之吉の作った物ですか……」

平八郎は感心した。

「はい」

番頭は頷いた。

「見事な物ですねえ」

長次は唸った。

「噂通りの良い腕ですね」

「はい。ですが……」

番頭は口籠もった。

「卯之吉、どうかしたんですかい……」

長次は尋ねた。

「此処だけの話ですが、卯之吉さん、近頃どうも、賭場に通っているらしいんです
よ」

番頭は眉をひそめた。

「賭場……」

長次は、平八郎と顔を見合わせた。

「ええ。何でも噂では、幼馴染みに博奕打ちがいるとか……」

「じゃあ、その幼馴染みに誘われて賭場に行き始めたんですかね」

「噂が本当なら、そうなんでしょうねえ……」

番頭は、不安を滲ませた。

「何か……」

長次は尋ねた。

「ま、今の処は余り仕事に拘わるような事はありませんが、何分にも銀の地金を預け

ておりますので……」

番頭は、卯之吉が博奕で借金を作り、預けた銀の地金に手を付けるのを恐れていた。

「そりゃあ心配ですねえ……」

長次は眉をひそめた。

「で、番頭さん、卯之吉の幼馴染みの博奕打ち、何処の何て者か分かりますか……」

平八郎は尋ねた。

「いいえ。手前が聞いたのは噂だけでして、名前は疎《おろ》か本当かどうかも……」

番頭は首を捻った。

「平八郎さん、先ずは番頭さんの聞いた噂が本当かどうかですね」

「ええ……」

平八郎は頷いた。

卯之吉の家に博奕打ちが訪れるかもしれないし、卯之吉が賭場に行くかもしれない……。

平八郎と長次は相談した。そして、長次が卯之吉の身辺探索を続け、平八郎は庄助長屋に戻って見張る事に決めた。

平八郎は、長次と別れて神田仲町一丁目にある庄助長屋に向かった。

銀器屋『銀屋』を出た平八郎は、下谷広小路の雑踏を抜けて仏具屋『寿宝堂』のある上野新黒門町に差し掛かった。

「矢吹さま……」

平八郎は、己の名前を呼ぶ女の声に振り向いた。

おすずが、駆け寄って来た。

「やあ、おすずさん、お使いの帰りですか……」

平八郎は、おすずが小さく畳《たた》んだ風呂敷を手にしているのを読んだ。

「えっ、ええ。それで矢吹さま、縞の半纏を着た男、何か分かりましたか……」

おすずは眉をひそめた。

「ええ……」

平八郎は頷いた。

おすずは、卯之吉に何か心当たりがあるかもしれない……。

「おすずさん、ちょいとその辺でお茶でも飲まないかな」

平八郎は誘った。

「は、はい……」

おすずは、戸惑いながら頷いた。

甘味処は女客で賑わっていた。

平八郎は、派手な縞の半纏を着た男が卯之吉と云う名の鍛金師だったと教えた。

「鍛金師の卯之吉……」

おすずは、善哉《ぜんざい》を食べる箸《はし》を置いた。

「うむ。中々腕の良い鍛金師だそうだが、聞いた覚えはないかな……」

平八郎は、甘酒をすすった。

「ありません……」

おすずは、戸惑った面持ちで首を横に振った。

「そうか……」

「矢吹さま、その卯之吉って人、どうしてお嬢さまを付け廻すのでしょうか……」

「そいつなんだが、只の岡惚れなのか、何かを企んでの事なのかは未だ分からないな」

「じゃあ、お上に訴え出るのは……」

「無理だな……」

仏具屋『寿宝堂』の宗右衛門が、卯之吉を娘に付き纏うと訴え出たとしても、往来を歩いているだけで、偶々行き先が一緒だったと云うだろうし、何も仕掛けていない限り、町奉行所は取り上げない筈だ。

平八郎は、卯之吉と町奉行所の出方を読んだ。

「そうですか……」

おすずは肩を落とした。

「うむ。だから、卯之吉が何かを仕掛けて来る前に企みを突き止め、その証を握ってお上に訴え出るしかない」

「ですが矢吹さま。企みを突き止める前に卯之吉が何かをしてきたら……」

おすずは、怯えを滲ませた。

「その時は、俺が容赦なく始末しますよ」

平八郎は笑った。

「矢吹さま……」

「おすずさん、ひょっとしたら卯之吉は、仏具屋の寿宝堂か旦那の宗右衛門さんに恨みを抱いているのかもしれぬ」

平八郎は、おすずを見据えて告げた。

「恨み……」

おすずは眉をひそめた。

「うむ。それで番頭の幸兵衛さんにそれとなく聞いてみちゃあくれないかな」

平八郎は頼んだ。

「は、はい。分かりました」

おすずは頷いた。

「ま、俺の役目は、お嬢さんに付き纏う悪い虫を追い払う蚊遣り。ちょいとお節介《せっかい》が過ぎるかもしれぬがな」

平八郎は苦笑した。

三

隅田川は滔々《とうとう》と流れていた。

長次は、浅草山谷堀に架かる今戸橋《いまどばし》を渡り、今戸町に入った。そして、隅田川沿いの道を進んで鍛金師伝造《でんぞう》の店を訪れた。

店の中からは、地金を金槌で叩く鍛金の音が洩れていた。

長次は、銀器屋『銀屋』の番頭から卯之吉が鍛金を修業した店を聞いた。そして、鍛金師の親方の伝造に逢い、卯之吉の素性を教えて貰おうとやって来たのだ。

鍛金師伝造の店の作業場では、数人の若い弟子が地金を叩いていた。

鍛金師の親方の伝造は、仕事の手を止めて長次の話を聞いてくれた。

「卯之吉かい……」

伝造は、懐かしそうに顔の皺を深くした。

「ええ。覚えていますか……」

「ああ。俺の弟子の中でも腕の良い方だったな。忘れやしないさ」

「卯之吉、生まれは何処なんですか……」

「何か拙《まず》い事でもしたのかい……」

伝造は、白髪眉をひそめた。

「いえ……」

長次は、言葉を濁《にご》した。

「じゃあ、どうして……」

伝造は、白髪眉を歪めた。

臍《へそ》を曲げさせちゃあならない……。

長次は、下手な隠し立ては止めた。

「実は、卯之吉が近頃、幼馴染みの博奕打ちに誘われて賭場に通っているって噂がありましてね」

「賭場だと……」

伝造は、険しさを浮かべた。

「ええ。で、その幼馴染みの博奕打ちってのが、誰か知りたくて……」

「幼馴染みなあ。卯之吉は十四の歳に下総《しもうさ》は松戸《まつど》から出て来てな」

「松戸の生まれですか……」

「ああ。松戸の百姓《ひやくしよう》の倅《せがれ》だよ。それから十年、儂《わし》の処で鍛金の修業をして独《ひと》り立ちしたんだが、それ迄に卯之吉を訪ねて来た幼馴染みなんていたかな……」

伝造は首を捻った。

「分かりませんか……」

「うん。卯之吉と同じ頃に弟子になり、博奕打ちになった野郎はいるがな」

伝造は、腹立たしげに白髪眉を歪めた。

「卯之吉と同じ頃に弟子になった奴ですか……」

「ああ。歳は、確か卯之吉より一つ年上だった筈だな」

「じゃあ、十四、五歳からの付き合いですね」

「うん。十四、五歳からの付き合いとなると、ま、幼馴染みと云やあ幼馴染みかな」

「ええ。その野郎、何て名前ですか……」

長次は訊いた。

「寅八《とらはち》って野郎だよ」

「寅八ですか……」

「ああ。確か実家は深川北六間堀町《ふかがわきたろっけんぼりちょう》だったと思ったが……」

深川北六間堀町の出の寅八……。

卯之吉を賭場に誘った幼馴染みの博奕打ちは、おそらく寅八なのだ。

長次は睨んだ。

隅田川から櫓《ろ》の軋《きし》みが甲高《かんだか》く響いた。

庄助長屋の卯之吉の家からは、地金を叩く金槌の音が聞こえていた。

卯之吉は、相変わらず仕事に励んでいる。

平八郎は見極め、長屋の木戸から見張り始めた。

長屋では幼い子供たちが歓声をあげて井戸端を駆け廻り、おかみさんたちが賑やかにお喋《しゃべ》りをし、様々な物売りが訪れた。そして、卯之吉が出掛ける事はなく、家に訪れる者もなく時は過ぎ、陽は西に傾いた。

平八郎は見張った。

おかみさんたちが、夕食を作り始める夕暮れ時が近付いた。

地金を叩く音が止んだ。

出掛けるか……。

平八郎は見守った。

卯之吉が、縞の半纏を着て家から出て来て表通りに向かった。

平八郎は追った。


卯之吉は、夕暮れ時の表通りを御成街道に進んだ。

賭場に行くのか……。

平八郎は尾行た。

夕暮れ時の御成街道には、仕事を終えて帰る職人や人足が行き交っていた。

卯之吉は、御成街道を横切って明神下の通りに出て神田明神門前町に入った。

幼馴染みの博奕打ちと落ち合うのか……。

平八郎は、居酒屋『花や』の前を通り過ぎて行く卯之吉を追った。

居酒屋『花や』は、既に暖簾を揺らしていた。

長次の云っていた蕎麦屋に行くのか……。

平八郎は、卯之吉の行き先を読んだ。

卯之吉は、盛り場の外れにある蕎麦屋に入った。

読みの通りだ……。

平八郎は見定めた。


夕陽は西の空を赤く染めた。

深川北六間堀町は、本所竪川《たてかわ》と深川小名木川《おなぎがわ》を結ぶ六間堀沿いにあった。

長次は、北六間堀町の自身番を訪れた。

「寅八……」

自身番の店番は眉をひそめた。

「博奕打ちなんですが、北六間堀町の出だと聞きましてね。御存知ありませんかい」

長次は尋ねた。

「さあなあ……」

店番は首を捻った。

「十五、六の歳に今戸の鍛金師の親方に弟子入りしたんですが……」

「いやあ、俺は知らないな……」

店番は、申し訳なさそうに告げた。

「そうですか……」

長次は、微かな吐息を洩らした。


神田明神門前町の蕎麦屋は、客も少なく静かだった。

平八郎は、酒を飲みながら片隅にいる卯之吉を見張った。

卯之吉は、板山葵《いたわさび》や天麩羅《てんぷら》を肴《さかな》に酒をちびちびと飲んでいた。

誰かの来るのを待っているのか、それとも晩飯を食べに来ただけなのか……。

平八郎は、卯之吉を窺った。

卯之吉は、何かを思い悩むかのように酒をすすっている。

その姿は、仏具屋『寿宝堂』の一人娘のおきぬに対し、悪事を企んでいるものとは思えなかった。

平八郎は、微かな戸惑いを覚えた。

深川御舟蔵《おふなぐら》は、大川沿いにあって公儀の軍船が係留されている。

その御舟蔵前の御舟蔵前町に昭光寺《しょうこうじ》はあり、賭場はあった。

長次は、深川の博奕打ちに寅八を知っている者がいると睨み、昭光寺の家作にある賭場を訪れた。

賭場は、盆茣蓙《ぼんござ》を囲む男たちの熱気に満ち溢れていた。

長次は、次の間で酒を飲んでいた博奕打ちに近付いた。

「どうだい、この賭場は……」

長次は、酒を飲んでいる博奕打ちに尋ねた。

「お前さん、此処は初めてかい」

博奕打ちは、長次を見詰めた。

「ああ。寅八に聞いて来たんだがな」

「寅八……」

「ああ、知っているかい」

「いや、知らねえな……」

「寅八、北六間堀町の生まれでな。この辺りには詳しい野郎だぜ」

「北六間堀町の生まれなら、此処の三下の幹太《かんた》もそうだったな」

博奕打ちは酒を飲んだ。

「へえ、そうなのかい……」

「ああ。さあて、そろそろ一稼ぎするか……」

博奕打ちは、湯呑茶碗の酒を飲み干して盆茣蓙に向かった。

長次は、三下の幹太を捜した。

三下の幹太は、昭光寺の裏門で賭場を訪れる客の応対をしていた。

長次は、幹太に寅八を知っているか尋ねた。

「へい。寅八の兄貴なら知っていますぜ」

「今、何処に住んでいるか、知っているかい」

「根津権現門前《ねづごんげんもんぜん》の茶店の家作だって聞いていますが……」

「根津権現門前の茶店か。じゃあ、谷中《やなか》の賭場に出入りしているのかな……」

長次は睨んだ。

「ええ。確か瑞真寺《ずいしんじ》って寺の賭場だと聞いた覚えがありますぜ」

幹太は告げた。

「瑞真寺ねえ……」

「へい。親方、寅八の兄貴、どうかしたんですかい……」

「いや。ちょいと訊きたい事があってな……」

長次は言葉を濁した。

卯之吉の幼馴染みの博奕打ちは、北六間堀町生まれの寅八であり、根津権現門前の茶店の家作に住み、谷中の瑞真寺と云う寺の賭場に出入りしている。

長次は、漸く幼馴染みの博奕打ちの詳しい事を摑《つか》んだ。


夜道に人影はなく、夜廻りをする木戸番の拍子木《ひようしぎ》の音が甲高く響いた。

卯之吉は、悄然《しようぜん》とした足取りで神田明神門前町を出て来た道を戻った。

平八郎は追った。

蕎麦屋で卯之吉と落ち合う者はいなかった。

卯之吉が蕎麦屋に来たのは、只の晩飯だったのだ。

平八郎は、庄助長屋に帰る卯之吉を見守った。

卯之吉の足取りは、悄然として重かった。

何かを思い悩んでいる……。
平八郎は睨んだ。
卯之吉の思い悩んでいる事は、仏具屋『寿宝堂』のおきぬに拘わりがあるのだ。
明日、おきぬは五の付く日で琴の稽古に出掛ける。
その時、何かが起きるかもしれない……。
平八郎は、微かな緊張を覚えた。
卯之吉は、神田仲町一丁目の庄助長屋の家に帰った。
平八郎は、卯之吉の家に明かりが灯されるのを見届けた。
夜廻りの打つ拍子木の音は、夜空に甲高く響いていた。

東叡山寛永寺の鐘が、午の刻九つ(正午)を告げた。
平八郎は、下谷広小路の雑踏から上野新黒門町の仏具屋『寿宝堂』を眺めた。
仏具屋『寿宝堂』の斜向かいの物陰に、縞の半纏を着た男がいた。
卯之吉だった。
琴の稽古に行くおきぬを追う仕度は、既に出来ているようだった。
平八郎は、大きく迂回《うかい》して裏路地から仏具屋『寿宝堂』の内玄関に向かった。

仏具屋『寿宝堂』では、おすずが待っていた。

「やあ……」

「お待ちしていました」

おすずは、微かな安堵を浮かべて平八郎を迎えた。

「店を出るのは九つ半（午後一時）でしたね」

「はい。お琴のお師匠さまの御屋敷は、浅草新堀川《しんぼりがわ》沿いの寺町《てらまち》の東にあります」

「琴の師匠、確か旗本の奥方でしたね」

「はい……」

おすずは頷いた。

「で、寿宝堂や旦那を恨んでいる者がいるかどうか、番頭さんに聞いて貰えましたか……」

「ええ。ですが、番頭さんに心当たりはないそうです……」

「そうか……」

平八郎は眉をひそめた。

「それで矢吹さま、鍛金師の卯之吉は……」

「表で待っているよ」

「表で……」

おすずは、僅かに狼狽えた。

「心配無用だ」

平八郎は笑った。

「ですが……」

「おすずさん、卯之吉には幼馴染みの博奕打ちがいましてね」

「幼馴染みの博奕打ち……」

おすずは、怯えを過らせた。

「うむ。ひょっとしたらそいつが絡んでいるかもしれない」

「そんな……」

「番頭さんや店の者に賭場に出入りしている者はいませんね」

「はい。噂を聞いた事もありません」

「そうか……」

平八郎は頷いた。

根津権現は日本武尊《やまとたけるのみこと》が千駄木《せんだぎ》に創祀《そうし》したとされる古社であり、参拝客が途切れる事はなかった。

長次は、根津門前町の差配を訪れ、家作を持っている茶店を尋ねた。

家作のある茶店は、鳥居の傍にあった。

長次は、鳥居の傍の茶店を窺った。

茶店には、根津権現の参拝帰りの客が茶をすすっていた。

長次は、茶店の脇の路地を裏に廻った。

古い家作は、茶店の裏の垣根の向こうにあった。

此処だ……。

長次は、垣根越しに家作を窺った。

家作の戸が開き、小肥りの男が出て来た。

寅八……。

長次は、小肥りの男を寅八だと睨んだ。

寅八は出掛ける……。

長次は、素早く茶店の表に戻った。

寅八は、茶店の脇の路地から出て来た。
長次は見守った。
寅八は、軽い足取りで不忍池に向かった。
長次は追った。

不忍池には水鳥が遊んでいた。
寅八は、不忍池の畔を下谷広小路に進んだ。
下谷広小路傍の上野新黒門町にある仏具屋『寿宝堂』に行くのか……。
長次は慎重に追った。
寅八は、不忍池の畔の茶店に立ち寄った。
不忍池の畔の茶店には、二人の浪人が茶を飲んでいた。
寅八は、茶店の婆さんに茶を頼み、二人の浪人と何事か言葉を交わし始めた。
長次は、木立の陰から見守った。

出掛ける刻限になった。
「それでは矢吹さま、宜しくお願いします」

仏具屋『寿宝堂』の主の宗右衛門は、平八郎に深々と頭を下げた。

「引き受けました。じゃあ……」

平八郎は、おきぬとおすずを促して仏具屋『寿宝堂』を出た。

下谷広小路は、相変わらず賑わっていた。

平八郎は、卯之吉を捜した。

卯之吉の姿は見えなかった。

「矢吹さま……」

おすずは、平八郎を心配そうに窺った。

「うん……」

「矢吹さま、おすず、帰りに何を食べましょうか……」

おきぬは、おすずの心配をよそに屈託なく楽しげに歩き出した。

「お、お嬢さま……」

おすずが、慌てて続いた。

平八郎は苦笑し、おきぬとおすずの後を油断なく進み始めた。

卯之吉は、おきぬに用心棒が付いたと知っている。おそらく、何処かに潜んで窺っているのに間違いはない。

平八郎はそう睨み、おきぬやおすずと浅草のお琴の師匠の屋敷に向かった。

下谷広小路から御徒町《おかちまち》を抜け、三味線堀《しゃみせんぼり》に出る。三味線堀沿いから越後《えちご》国三日市《みっかいち》藩江戸上屋敷と下野《しもつけ》国烏山《からすやま》藩江戸上屋敷の間の道を東に進む。そして、新堀川に架かっている抹香橋《まっこうばし》を渡ると寺町であり、その裏の小さな武家地に琴の師匠の旗本屋敷はあった。

平八郎は、おきぬやおすずを先に行かせて背後に続いていた。

何かを仕掛けて来るとしたら、それは行く時なのか、帰り道なのか……。

仕掛けて来るのは卯之吉なのか、それとも他の者なのか……。

平八郎は、おきぬとおすずを見守り、その周囲を油断なく窺いながら進んだ。

琴の師匠は、二百五十石取りの旗本木村修理《きむらしゅり》の奥方だった。

おきぬとおすずは、何事もなく旗本の木村屋敷に着いた。

縞の半纏を着た卯之吉は、来る道筋でおきぬの前に一度も現われなかった。だが、付き纏っているのは確かだ。

「矢吹さま、私と御一緒に……」

おすずは、おきぬが琴の稽古をしている間、自分と一緒に屋敷の台所で待つ事を勧めた。

「いや。俺はちょいとな。で、琴の稽古は半刻だね」

「はい」

おすずは頷いた。

琴の稽古の半刻の間、おきぬの身に危ない事は起こらない。

「よし。ならば、半刻後に此処にいる」

平八郎は告げた。

「分かりました。では……」

「うん」

「それでは、お嬢さま……」

おすずは、おきぬを促した。

「じゃあ矢吹さま、後で……」

「うん……」

平八郎は頷いた。

おきぬは、おすずと共に木村屋敷に入って行った。

平八郎は見届けた。

さあて、どうする……。

平八郎は、来た道を振り返った。

旗本屋敷の連なりは静寂に覆われ、卯之吉らしき人影は何処にも見えなかった。

卯之吉は、おきぬが五の付く日に来る琴の師匠の旗本屋敷を知っている筈だ。知っているのなら、尾行る迄もなく先廻りも出来る。先廻りが出来るのなら、何処で見張っていてもおかしくない。

卯之吉に付き纏いを止めさせる……。

平八郎は、蚊遣りの役目を果たす手立てを思案した。

旗本屋敷の連なりの端に長次が現われた。

長次さん……。

長次は、卯之吉の幼馴染みの博奕打ちを追っている筈だ。

何かあったのかもしれない……。

平八郎は、何気ない足取りで長次に向かった。

四

「やっぱり、此処の旗本屋敷でしたか……」

長次は、木村屋敷を眺めた。

「ええ。木村修理って二百五十石取りの旗本の奥方が琴の師匠だそうです」

「卯之吉は……」

長次は囁いた。

「何処かに潜んでいますが、琴の稽古は旗本屋敷。稽古の間は心配はいらないでしょう」

平八郎は、木村屋敷を振り返った。

「成る程……」

「で、卯之吉の幼馴染みの博奕打ちは……」

「寅八って奴です」

「寅八……」

「ええ。餓鬼《がき》の頃、卯之吉と一緒に鍛金の修業をしていましてね。ま、幼馴染みです

「その寅八に妙な処、あるんですか……」

「不忍池の畔の茶店で二人の浪人と落ち合いましてね。今、龍宝寺《りゅうほうじ》門前の一膳飯屋に来ていますよ」

長次は告げた。

龍宝寺は、新堀川沿いに連なる寺の一軒だった。寅八と二人の浪人は、その門前町の一膳飯屋に来ているのだ。

「博奕打ちと浪人が、不忍池からわざわざこんな処の一膳飯屋に飯を食べに来たのは、どうしてなんですかね」

平八郎は、厳しさを過らせた。

「そいつは、飯の他に何か目当てがあるからでしょうね」

長次は読んだ。

「長次さんもそう思いますか……」

平八郎は、小さな笑みを浮かべた。

「ええ……」

長次は頷いた。

寅八は、卯之吉からおきぬの稽古事の日と刻限を聞いているのだ。

「ひょっとしたら卯之吉、今、寅八と落ち合っているかもしれませんね」

平八郎は読んだ。

「ええ……」

「じゃあ、寅八と浪人どもの面を拝《おが》みに行きますか……」

「そうしますか……」

平八郎は、長次と共に龍宝寺門前町の一膳飯屋に向かった。

物陰から卯之吉が現われ、龍宝寺門前町に向かう平八郎と長次を見送った。

龍宝寺門前町の一膳飯屋は、暖簾を風に揺らしていた。

「先ずは、あっしが卯之吉と落ち合っているかどうか見定めます。落ち合っていなければ、合図をしますので入って来て下さい」

長次は、一膳飯屋を眺めながら告げた。

「心得ました」

平八郎は、卯之吉に顔を知られている。迂闊《うかつ》な動きは禁物だ。

長次は、暖簾を潜って一膳飯屋に入った。

平八郎は見守った。

長次が一膳飯屋から顔を出した。

「旦那、空いてますぜ……」

長次は、平八郎に声を掛けた。

平八郎は、一膳飯屋に向かった。


長次は、奥の席に座っていた。そして、衝立《ついたて》で仕切られた隣りの席では、寅八と二人の浪人が酒を飲んでいた。

平八郎は、寅八と二人の浪人の顔を一瞥して長次の前に座った。

「いらっしゃい。何にしますかい……」

老亭主が、出涸し茶を持って来た。

「浅蜊のぶっかけ飯を頼む」

平八郎は注文した。

「あいよ。じゃあ、浅蜊のぶっかけ飯が二つだね」

老亭主は、長次に念を押した。

「ああ……」

長次は頷いた。

どうやら、長次の注文も浅蜊のぶっかけ飯だったのだ。

老亭主は、平八郎と長次の注文を取って板場に入っていった。

「卯之吉、落ち合っちゃあいませんね」

平八郎は、長次に囁いた。

「これから来るのかもしれませんぜ」

「ええ……」

平八郎は頷いた。

僅かな刻が過ぎた。

寅八と二人の浪人は、何事かを話しながら酒を飲んでいた。

卯之吉は現われなかった。

「おまちどお……」

老亭主が、浅蜊のぶっかけ飯を二つ持って来た。

「おう。待ち兼ねた……」

平八郎と長次は、浅蜊のぶっかけ飯を食べ始めた。

「ありがとうございました……」

平八郎と長次は、老亭主の声に送られて一膳飯屋を出た。

「卯之吉、来ませんでしたね」

長次は、僅かな戸惑いを浮かべた。

「ええ。昨夜、卯之吉は寅八と逢っちゃあいません。だから、てっきり落ち合うと思ったんですがね……」

平八郎は眉をひそめた。

「平八郎さん、ひょっとしたら卯之吉と寅八、連《つる》んでいないのかもしれませんぜ」

長次は読んだ。

「ま、そいつは今に分かるでしょう」

「ええ。で、お嬢さん、琴の稽古が終われば、真っ直ぐ寿宝堂に帰るんですかい」

「そいつが、浅草で美味しい物を食べようと云っていましてね。広小路辺りに行くでしょうね」

平八郎は苦笑した。

「そうですか……」

「じゃあ長次さん、俺は木村屋敷に行きます。寅八たちを……」

「引き受けました。じゃあ……」

平八郎は、寅八たちを見張る長次と別れて木村屋敷に戻った。

木村屋敷から琴の音が流れていた。

平八郎は、木村屋敷の表門前に佇んで旗本屋敷の連なりを見廻した。

卯之吉は勿論、人影は見えなかった。

琴の音が止んだ。

稽古は終わった。

平八郎は、琴の稽古を終えて出て来るおきぬとおすずを待った。

博奕打ちの寅八が、旗本屋敷の連なりの端に現われた。

平八郎は、素早く物陰に入った。

寅八は、連なる旗本屋敷の軒下伝いに木村屋敷に近付き、物陰に潜んだ。

寅八の奴……。

平八郎は苦笑した。

「矢吹さま……」

おきぬとおすずが、木村屋敷から出て来た。

「やあ……」

平八郎は迎えた。

「矢吹さま、おすず、広小路の桔梗屋さんに行きましょう」

おきぬは、嬉しげに告げた。

「お嬢さま、矢吹さまは甘味処など……」

おすずは戸惑った。

「気遣い無用だ、おすずさん。汁粉《しるこ》も嫌いじゃあない」

「申し訳ありません……」

おすずは詫びた。

「いいや。じゃあ、行き先は広小路の甘味処の桔梗屋だな」

平八郎は、おきぬとおすずを先に行かせて後に続いた。

寅八が物陰から現われ、一方に駆け去った。

おそらく、寅八は二人の浪人に報せて広小路の甘味処『桔梗屋』に行くのだ。

平八郎は睨んだ。

それにしても卯之吉はどうした……。

平八郎は、戸惑いを覚えた。

おきぬとおすずは、旗本屋敷の連なりを東に進んだ。

おきぬとおすずは、旗本屋敷の連なりから堀田原《ほったばら》の馬場《ばば》に出た。そのまま東に進むと蔵前の通りであり、北に曲がって新旅籠町代地を進んで行くと浅草広小路に出る。

おきぬとおすずは、どちらの道を行くのか……。

平八郎は、先を行くおきぬとおすずを見守りながら続いた。

堀田原の馬場沿いに人気はなかった。

寅八と一緒にいた二人の浪人が、不意におきぬとおすずの前に現われた。

おきぬとおすずは立ち竦んだ。

平八郎は地を蹴った。

二人の浪人は、立ち竦んだおきぬに迫った。

「お嬢さま……」

おすずは、立ち竦んでいるおきぬを庇った。

平八郎が、二人の浪人の前に立ちはだかった。

「おのれ、邪魔立てするな」

二人の浪人は刀を抜き、平八郎に猛然と斬り付けた。

平八郎は、咄嗟に抜き打ちの一刀を放った。

刃風が鳴った。

二人の浪人はたじろいだ。

「拐かしはさせぬ」

平八郎は一喝した。

「黙れ」

二人の浪人は、己を奮い立たせて平八郎に斬り掛かった。

平八郎は斬り結んだ。

二人の浪人は、剣の修行をしたのかそれなりの腕だった。

平八郎は、二人の浪人を相手に斬り合った。

長次が現われ、平八郎の加勢をした。

「下郎……」

浪人の一人が、長次に向かった。

長次は応戦した。

おすずは、おきぬを後ろ手に庇って平八郎たちの斬り合いを恐ろしげに見守った。

「きゃっ……」

おきぬが短い悲鳴をあげた。

おすずは、おきぬを振り返った。

寅八が、おきぬを捕えていた。

「お嬢さま……」

おすずは、恐怖に衝き上げられた。

平八郎と長次は、おきぬを助けに行こうとした。だが、二人の浪人は間断なく斬り掛かり、平八郎と長次の動きを封じた。

平八郎は、浪人の一人を斬り棄てて残る一人に向かった。

長次は、おきぬの許に走った。

おきぬは、寅八を振り払おうと抗った。

おすずが、横手から寅八を突き飛ばした。

寅八はよろめいた。

おきぬは、おすずの背後に逃げた。

「この女《あま》……」

寅八は、顔を歪めて匕首を抜いた。

おすずは息を飲み、おきぬを背後に庇って後退りした。

寅八は、匕首を構えておすずに突進した。
おすずは恐怖に歪んだ。
刹那、派手な縞の半纏が翻った。
卯之吉が飛び込んで来ておすずを庇った。
寅八の匕首は、卯之吉の縞の半纏の背中に叩き込まれた。
一瞬の出来事だった。
おすずとおきぬは驚いた。
驚いたのは、平八郎と長次も同じだった。
卯之吉は、縞の半纏を血に染めて倒れた。
おきぬが悲鳴をあげた。
「う、卯之吉……」
寅八は困惑した。
「野郎……」
長次が、十手を翳して寅八に襲い掛かった。
寅八は逃げた。
長次は、追い掛けようとした。だが、倒れて苦しく呻く卯之吉に駆け寄った。

「しっかりしろ、卯之吉……」

「お、おすずさんは……」

卯之吉は、苦しく顔を歪めながらおすずを心配した。

「大丈夫だ」

長次は告げた。

「よ、良かった……」

卯之吉は、安堵の笑みを浮かべて気を失った。

おすずは、気を失った卯之吉を呆然と見詰めた。

平八郎と斬り合っていた浪人は、斬られて倒れている浪人を残して逃げた。

平八郎は、長次やおすずに駆け寄った。

「長次さん……」

「卯之吉、おすずさんを庇って寅八に……」

長次は、平八郎に告げて卯之吉を示した。

「卯之吉……」

平八郎は、戸惑いを浮かべて卯之吉を見た。

「人を呼んできます」

長次は、新旅籠町代地に走った。

「わ、私を助けようとして……」

おすずは、卯之吉を呆然と見詰めて声を震わせた。

平八郎は、気を失っている卯之吉が安堵の笑みを浮かべているのに気が付いた。

まさか……。

平八郎は、或《あ》る事に気付いて微かな戸惑いを覚えた。

長次は、自身番の者や木戸番たちと卯之吉や平八郎に斬られた浪人を医者に運んだ。

平八郎は、おきぬとおすずを護って上野新黒門町の仏具屋『寿宝堂』に帰った。

平八郎は、おきぬとおすずを仏具屋『寿宝堂』に無事に送り届けた。

博奕打ちの寅八は、二人の浪人と共におきぬを拐かそうとしたのだ。

平八郎は、『寿宝堂』の主の宗右衛門と番頭の幸兵衛に事態を説明し、警戒を厳しくするように告げ、長次の許に行こうとした。

「矢吹さま……」

おすずは、動揺の覚めやらない面持ちで平八郎に駆け寄った。

「あの、卯之吉は……」

「うん。俺が見た処、急所は外れていた。おそらく命は取り留めるだろう」

平八郎は、おすずを落ち着かせるように告げた。

「そうですか……」

おすずは、微かな安堵を過らせた。

「これから卯之吉の処に行ってみるが、おすずさん。卯之吉、ひょっとしたらおきぬではなく、お前さんに付き纏っていたのかもしれぬな……」

「矢吹さま……」

おすずは、気付いていたのか大して狼狽えもせずに、平八郎を見詰めた。

「ま、本人に訊いてみるがな。じゃあ……」

平八郎は、仏具屋『寿宝堂』を出た。

おすずは、強張《こわば》った面持ちで平八郎を見送った。

鍛金師の卯之吉は、仏具屋『寿宝堂』の一人娘のおきぬではなく、お付き女中のおすずに付き纏っていたのだ。

平八郎は睨んだ。

卯之吉は、命を取り留めた。

「卯之吉、お前、付き纏っていた相手はおきぬじゃあなく、お付き女中のおすずだったんだな」

平八郎は、厳しい面持ちでいきなり尋ねた。

「は、はい……」

卯之吉は項垂《うなだ》れた。

おすずが奉公先の仏具屋『寿宝堂』から出掛けるのは、お嬢さんのおきぬのお供をしての時が多かった。

卯之吉は、その時を狙っておすずに付き纏ったのだ。しかし、おすずは卯之吉がおきぬに付き纏っていると思い込んだ。

「で、何故、おすずに付き纏ったんだ」

「そ、それは……」

卯之吉は言い淀んだ。

「おすずに惚れているのだな」

平八郎は、卯之吉を見据えた。

「はい……」

卯之吉は、恥ずかしそうに項垂れたまま頷いた。

卯之吉はおすずに惚れていた……。

平八郎は苦笑した。


浪人の傷は深手だった。

「ですが、先生の話じゃあ急所を外してあったので助かるそうです。流石ですね」

長次は、斬った平八郎に感心した。

「いえ。ま、助かって何よりです」

如何に悪党でも、人を斬り殺すのは寝覚めが悪い……。

平八郎は、微かな安堵を覚えた。

「それで、浪人に問い質《ただ》したんですがね。寅八の野郎、卯之吉から寿宝堂のお嬢さんの稽古事の日や時刻を聞き、拐かしを企みやがったらしいですぜ……」

「じゃあ卯之吉は……」

「拐かしには拘わりないようです」

長次は睨んだ。

「そうですか……」

平八郎は、思わず安堵の笑みを浮かべた。

「何か……」

長次は、平八郎に怪訝な眼を向けた。

「卯之吉、おすずに岡惚れして付き纏っていたそうですよ」

「おすずに岡惚れ……」

長次は眉をひそめた。

「ええ。卯之吉が付き纏っていた相手は、おきぬではなくおすずだったんです」

「やっぱりそうでしたか。あっしも三十男が十七歳の娘に岡惚れするとは、素直に頷けなかったんですよね」

長次は苦笑した。

「さあて、じゃあ俺は根津権現の寅八の家に行ってみます」

「寅八の家には、親分に行って貰いました」

「伊佐吉親分が……」

「ええ。亀吉と一緒に……」

堀田原の馬場と駒形町は近い。

岡っ引の駒形の伊佐吉は、下っ引の亀吉を連れて既に堀田原に駆け付けていた。

長次は、伊佐吉に事の次第を話し、根津権現の寅八の家に行って貰った。

「そうですか。じゃあ長次さん、申し訳ありませんが、万一の備えに寿宝堂を見張ってくれませんか……」

平八郎は、追い詰められた寅八が『寿宝堂』に押し込むのを恐れた。

「承知しました」

長次は頷いた。

平八郎は、長次と別れて根津権現門前町に走った。

根津権現門前町の茶店は、参拝帰りの客がのんびりと茶を飲んでいた。

寅八は、茶店の裏の家作で暮らしている。

平八郎は、長次に教えられた通りに茶店の裏手に廻った。

裏手には、伊佐吉と亀吉がいた。

「親分……」

平八郎は、伊佐吉と亀吉に駆け寄った。

「やあ。来たかい……」

「寅八は……」

「いるよ、浪人と一緒だ」

「浪人と一緒か……」

「ああ。どうする」

「けりを付ける……」

「よし。じゃあ、俺と亀吉が寅八をお縄にする。浪人を頼んだぜ」

伊佐吉は笑った。

「心得た」

平八郎は、垣根を跳び越えて茶店の裏庭に入った。

伊佐吉と亀吉は、家作の表に廻った。

家作は雨戸を閉め切っていた。

平八郎は、家作に忍び寄って雨戸越しに中の様子を窺った。

「これからどうするんだ寅八、話が違うじゃあねえか……」

浪人の濁声《だみごえ》が聞こえた。

「どうするって、川島《かわしま》の旦那、日が暮れたらさっさと逃げる迄だぜ」

寅八と川島と云う名の浪人は、日が暮れたら江戸から逃げるつもりなのだ。

どうやら遅かったようだな……。

平八郎は、嘲りを浮かべて雨戸を蹴破った。


雨戸は蹴破られ、家の中に西日が溢れんばかりに差し込んだ。

寅八と浪人の川島は怯んだ。

平八郎は、家の中に踏み込んだ。

「おのれ……」

川島は、狼狽えながらも刀を抜いて平八郎に迫り、斬り付けた。

平八郎は、縁側から背後の庭に飛び降りて川島の刀を躱し、横薙《よこな》ぎの一刀を鋭く放った。

横薙ぎの一刀は、川島の太股《ふともも》を斬り裂いた。

川島は、太股から血を飛ばして庭に落ちた。

平八郎は、庭に倒れ込んだ川島を鋭く蹴り飛ばした。

寅八は、家作の戸口に逃げた。だが、戸口から伊佐吉と亀吉が踏み込んで来た。

「寅八、仏具屋寿宝堂の娘のおきぬを拐かそうと企み、鍛金師の卯之吉を刺したのは分かっているんだ。神妙にお縄を受けろ」
伊佐吉は怒鳴った。
「う、煩せえ……」
寅八は、匕首を抜いて伊佐吉に襲い掛かった。
「馬鹿野郎」
伊佐吉は、寅八の匕首を握る手を十手で鋭く打ち据えた。
骨の折れる音が鈍く鳴った。
寅八は、悲鳴を上げて匕首を落とした。
亀吉が、寅八に飛び掛かって激しく殴った。
寅八は倒れ、頭を抱えて身を縮めた。
平八郎は、伊佐吉や亀吉と共に寅八と浪人の川島をお縄にした。
平八郎は、刀に拭いを掛けた。
鍛金師の卯之吉は、自宅に戻って養生する事になった。
平八郎は、卯之吉を神田仲町一丁目の庄助長屋に送った。
庄助長屋の家では、おすずが掃除を終えて待っていた。

おすずは、奉公先の仏具屋『寿宝堂』の主の宗右衛門の許しを得て、命の恩人の卯之吉の見舞いに通っていた。

「さあ、卯之吉、家に戻ったからと云って無理はするなよ」

平八郎は言い聞かせた。

「は、はい……」

「尤《もっと》も、おすずさんが見舞いに来てくれるなら、うろうろ出歩く必要もないか……」

「はい……」

卯之吉は頷き、おすずは微笑んだ。

平八郎は笑った。

おすずと卯之吉が、これからどうなるのかは分からない。だが、平八郎の蚊遣りの仕事が終わったのは確かだった。

第四話　俄芝居《にわかしばい》

一

被った水は飛び散り、朝陽に眩しく煌めいた。

平八郎は、井戸端で水を被って酒の酔いを消そうとした。だが、酔いは中々消えてはくれなかった。

昨夜、道場仲間と飲み過ぎた……。

平八郎は悔やんだ。

東叡山寛永寺の午の刻九つ(正午)を告げる鐘が鳴り出した。

拙い、約束の刻限だ……。

平八郎は、家に戻って濡れた下帯を替え、薄汚れた着物と袴《はかま》を着た。そして、木戸の地蔵尊に手を合わせ、光り輝いている頭を一撫でして駆け出した。

口入屋『萬屋』は、日雇い人足の手配りも終わって店に人影はなかった。

「親父、遅くなって申し訳ない」

平八郎は、店に駆け込んで詫びた。

主の万吉は、狸のような小さく丸い眼で平八郎を睨み、居間に入るように促した。

平八郎は、恐縮しながら居間に入った。

居間には、二十歳過ぎの武家娘がいた。

平八郎は、武家娘に軽く会釈《えしやく》をして居間の隅に座った。

「お嬢さま、これなる者が矢吹平八郎にございます」

万吉は、武家娘に平八郎を引き合わせた。

「はい……」

武家娘は、平八郎をまじまじと見詰めた。

目鼻立ちのはっきりした可愛い顔だ……。

平八郎は、思わずそう思った。

「如何でしょうか……」

万吉は、武家娘を窺った。

「はい……」

武家娘は、胸元から一枚の書付けを取り出して開いた。

「歳は二十六。係累なし。背丈《せたけ》は五尺七寸で目方は十八貫……」

武家娘は、書付けを読んだ。

万吉は、尤もらしい顔で頷いた。

書付けは、どうやら万吉が武家娘に渡した平八郎の釣書《つりがき》のようだ。

平八郎は、己の事が勝手に遣り取りされているのに不快を覚えた。

「間違いございませんか……」

武家娘は念を押した。

「うむ……」

平八郎は頷いた。

「矢吹さま、お立ち下さい」

「はあ……」

平八郎は戸惑った。

「平八郎さん……」

万吉が、眉をひそめて促した。

「う、うん……」

平八郎は立ち上がった。

武家娘は、平八郎を見上げた。

「そのまま一廻りして下さい」

武家娘は、平八郎に命じた。

「一廻り……」

平八郎は呆れた。

「平八郎さん……」

万吉は、慌てて首を横に振った。

平八郎は、腹立たしげに一廻りした。

名乗りもせずに無礼な娘だ。どんなに割の良い仕事でも断ってやる……。

平八郎は決意した。

「結構です。お座り下さい」

平八郎は座った。

「矢吹さま。数々の御無礼、お許し下さい」

武家娘は、居住まいを正し、平八郎に頭を下げて詫びた。

平八郎は戸惑った。

「私、旗本土屋《つちや》采女正《うねめのしよう》の娘由衣《ゆい》にございます」

武家娘は、漸く名乗って素性を明かした。

「はあ……」

「矢吹さま、暫《しばら》くの間、私の兄、土屋左馬之介《さまのすけ》になっては戴けませぬでしょうか……」

「土屋左馬之介になる……」

平八郎は、由衣を怪訝に見詰めた。

「平八郎さん、礼金は五両だそうですよ」

万吉は、平八郎に囁いた。

「五両……」

平八郎は驚き、先程の決意が呆気なく崩れ落ちていくのを感じた。

「はい。如何でございましょう。お引き受け下さいますか……」

「はあ。しかし何故、兄上に……」

平八郎は首を捻った。

「実は私の父、土屋采女正は一年前に卒中で倒れ、身体も言葉も不自由な寝た切り、近頃はめっきりと弱り、時々、息が途切れる事もあり、お医者さまは死も近いだろうと……」

「それはお気の毒な……」

平八郎は同情した。

「その父が、近頃、不自由な口で左馬之介に逢いたい、一目で良いから逢いたいと泣いて頼むのでございます……」

由衣は、大きな眼に涙を滲ませた。

「お兄上に……」

「はい。兄の左馬之介は土屋家嫡男、只一人の男子にございます」

「お兄上の左馬之介さん、屋敷にはいないのですか……」

旗本には、甲府勤番や駿府《すんぷ》定番など幕府直轄領に出向く役目がある。

平八郎は、由衣の兄の左馬之介がそうした役目で江戸にいないと思った。

「はい。兄は十四歳の時、父と喧嘩《けんか》をして家出をし、以来、行方《ゆくえ》知れずにございます」

由衣は、平八郎を見詰めて告げた。

「家出……」

平八郎は眉をひそめた。

「はい。十二年前、私が八歳の頃ですか、兄の振る舞いが突然に悪くなり、父の逆鱗《げきりん》に触れて家出をしたのにございます」

「以来十二年、行方知れずなのですか……」

「はい。ですが、死期の近い父は……」

「左馬之介さんに一目逢いたいと……」

「はい……」

由衣は、平八郎を見詰めて頷いた。

「それで、私に左馬之介さんになりすまして、お父上に逢ってくれと……」

「はい。矢吹さま、どうか宜しくお願い致します」

由衣は、平八郎に頭を下げて頼んだ。

「しかし、如何に十二年前に別れた切りだと云っても、実の父子、偽者《にせもの》だと見破られませんかね……」

「父は既に記憶も定かではなく、私を亡き母だと思う時もあります。おそらく大丈夫かと存じます」

「しかし、昔からの奉公人もいる事でしょうし、その辺から洩れはしませんか……」

「兄上を知っているのは、用人の森田金兵衛《もりたきんべえ》と古くからいる下男夫婦。その者たちは、此度の企《くわだ》てを存じております」

「心配ありませんか……」

「はい。残る家来と奉公人に、兄を知っている者は既にいなく。それにもし知っていたとしても、十四歳の子供の時と二十六歳の今では、顔も随分と変わります。御心配は御無用にございます」

由衣は、自信を持って云い切った。

「そうですか……」

平八郎は頷いた。

「じゃあ由衣さま、此の一件、確かにお引き受け致します」

万吉は引き受けた、

「お、親父……」

平八郎は慌てた。

「おや、平八郎さん、五両もの礼金の仕事を断るんですか……」

万吉は、狸のような顔で惚けた。

「いや。それは……」

平八郎は、断るのを躊躇った。

「じゃあ、引き受けますね」

万吉は畳み掛けた。

「う、うむ。まあな……」

平八郎は頷いた。

万吉は、見透《みす》かしたような笑みを浮かべた。

「由衣さま、お聞きの通りにございます」

万吉は、由衣に告げた。

「矢吹さま、何卒《なにとぞ》、宜しくお願い申し上げます」

由衣は、平八郎に手を突いて頼んだ。

「はあ……」

平八郎は、昨夜の酒の酔いがいつの間にか消えているのに気が付いた。

半刻後、由衣は平八郎といろいろ打ち合わせをし、御高祖頭巾《おこそずきん》を被って口入屋『萬屋』から帰って行った。

万吉は、深々と頭を下げて見送った。

「中々しっかりした娘ですね」

「そりゃもう、お父上の采女正さまがお倒れになってから旗本の土屋家を取り仕切っているんですよ」

万吉は、自分の事のように胸を張った。

「へえ。そいつは偉いもんだ……」

平八郎は感心した。

土屋采女正は、神田川沿いの淡路坂《あわじざか》をあがった処に屋敷を構える二千石取りの旗本だった。

旅姿の平八郎は、塗笠《ぬりがさ》を目深に被って淡路坂をあがった。

土屋屋敷は、当主が長患いで寝た切りのせいか、表門を閉じて静寂に覆われていた。

平八郎は、表門前に佇んで辺りを見廻した。

淡路坂を挟んだ向こう側には、赤い幟旗を翻している太田姫稲荷《おおたひめいなり》があった。

さあて、大芝居の幕を開けるか……。

平八郎は丹田《たんでん》に力を込め、閉められた表門脇の潜り戸を叩いた。

若い中間《ちゅうげん》が、潜り戸の覗き窓に顔を見せた。

「どちらさまにございますか……」

「左馬之介だ」

平八郎は云い放った。

「左馬之介……」

若い中間は戸惑った。

「そうだ。俺は当家の嫡男、土屋左馬之介だ。早々に潜り戸を開けろ」

平八郎は急《せ》かした。

「は、はい……」

若い中間は、潜り戸を開けた。

平八郎は、潜り戸から屋敷内に入った。

「由衣に兄の左馬之介が戻ったと伝えてくれ。俺は井戸で足を濯《すす》いでいる」

平八郎は、屋敷の裏手に向かった。

「は、はい……」

若い中間は、慌てて屋敷に走った。


平八郎は、井戸端で手甲脚絆《てっこうきやはん》を取って着物と袴を叩いた。

土埃が舞い上がった。

台所女中と若い下男は、戸惑った面持《おもも》ちで平八郎を見守った。

舞い上がった土埃には、馬糞《ばふん》の臭いもした筈だ。

わざわざ千住《せんじゅ》の宿に廻って来たのが役に立っている……。

平八郎は、己の芸の細かさに満足し、水を汲《く》んで手足を洗った。

由衣が勝手口に現われた。

「兄上……」

由衣は眉をひそめ、井戸端で手足を洗っている平八郎を見詰めた。

「兄上……」

由衣は、探るように声を掛けた。

平八郎は振り返った。

「ああ、兄上……」

由衣は、平八郎を見て顔を輝かせた。

「おう。由衣か……」

平八郎は笑った。

「兄上……」

由衣は、平八郎に抱き付かんばかりの勢いで駆け寄った。

平八郎は、思わず仰《の》け反《ぞ》った。

「やっと帰って来てくれたんですね兄上。良かった。本当に良かった。さあ、早くおあがり下さい。さあ……」

由衣は、平八郎の手を取って屋敷の表の式台に廻った。

屋敷の奥の座敷は、普段は使われず閉めきりにされていた所為《せい》か、湿っぽくて黴臭《かびくさ》かった。

由衣は、障子を開け放して陽差しと風を入れた。

「兄上がお留守の間、閉め切っていたものですから……」

「俺の部屋か……」

平八郎は、部屋の中を見廻した。

「ええ。十二年前、兄上が出て行かれた時のままにございます」

「そうか……」

平八郎は頷いた。

「若さま……」

下男の老夫婦が、茶を持ってやって来た。

「おお。作造《さくぞう》におみね、達者のようだな」

平八郎は、由衣から聞いていた老下男夫婦の名を呼んだ。

「は、はい。お陰さまで……」

「達者にやっております」

作造とおみねは笑った。

「宜しく頼みます」

平八郎は、素早く囁いた。

「そりゃあもう……」

作造とおみねは頷いた。

廊下に足音を響かせて、老用人の森田金兵衛がやって来た。

「兄上、用人の森田金兵衛ですよ」

由衣は、平八郎と森田金兵衛をそれとなく引き合わせた。

「おお、森田金兵衛か。おぬしも髪を白くして、老《ふ》けたな」

「左馬之介さま、よくぞ今迄御無事で……」

森田は、平八郎の手を取って白髪頭を震わせた。

「うむ。いろいろあったが、この通り、無事に帰参致したぞ」

平八郎は笑った。

「まこと、まことに目出度《めでた》い……」

森田は頷き、笑った。

「して由衣、お父上は……」

平八郎は尋ねた。

「それが、先程お眠りになられまして、御対面は夜と云う事で……」

由衣は告げた。

「心得た……」

平八郎は頷いた。

「それでは若さま、お風呂にでも……」

作造は、平八郎を風呂に促した。

「そうですよ若さま。長い道中で汚れ果てた着物と袴、お着替えになられませ」

おみねが、平八郎の着物を汚らしそうに指先で摘《つま》んだ。

「そんなに汚いかあ……」

「それはもう、何処の古着屋でこんなに汚い着物を買って来たんですか……」

おみねは眉をひそめた。

「う、うん。買ったんじゃあなくて、いつもの通りなんだがな……」

平八郎は首を捻った。

「ささ、若さま、湯殿に……」

「う、うん」

「兄上、その間にお着替えを用意致しておきます」

「はい。おみね、俺が風呂に入っている間にこの着物と袴、棄ててはならぬぞ」

平八郎は、おみねに云って作造と共に湯殿に向かった。

二

湯殿には湯気が立ち籠めていた。

平八郎は、湯船に浸かって手足を伸ばした。

「極楽だ……」

平八郎は、思わず呟いた。

昼間の風呂とは何たる贅沢《ぜいたく》、二千石の旗本の若さまも悪くはない……。

湯船から立ち昇る湯気は、格子窓から差し込む陽差しに巻いていた。

「若さま、湯加減は如何ですか……」

格子窓の外から作造の声がした。

「うむ。丁度良い湯加減だ」

「それはようございました」

「うん……」

平八郎は、昼風呂を楽しんだ。

平八郎は、真新しい着物に着替えて左馬之介の部屋に戻った。

「兄上……」

由衣が待っていた。

「おう、良い湯だったよ」

「本郷の叔父上《おじうえ》さまがお見えにございます」

由衣は、厳しい面持ちで告げた。

「本郷の叔父……」

「はい。片倉主膳《かたくらしゅぜん》と申しまして、亡くなった母の弟で本郷弓町《ゆみまち》に住む八百石取りの旗本にございます」

由衣は囁いた。

「ほう。その叔父さんの片倉主膳が何用で参られたのです」

「兄上に逢いに……」

由衣は、平八郎を見据えて告げた。

「俺に逢いに……」

平八郎は眉をひそめた。

「はい」

「しかし、俺は先程、屋敷に着いたばかりだ。一体どうして……」

「報せた者がいるのです」

「報せた者……」

「はい。叔父上は父が倒れてから何かと我が土屋家に口出しをして来て、今では部屋住みの小次郎《こじろう》を私の婿《むこ》にと云い出しております」

由衣は眉をひそめた。

「となると、この土屋屋敷には片倉主膳の息の掛かった者がいる訳だ」

二千石の土屋家には、家来や奉公人を入れて四十人程の人数がいる。

「左様にございます」

「そして、土屋家の家督《かとく》を狙っているか……」

平八郎は、片倉主膳の腹の内を読んだ。

「きっと……」

由衣は、厳しい面持ちで頷いた。

どうやら、土屋家には家督を巡っての面倒があるようだ……。

平八郎は読んだ。

「よし。とにかく叔父さんの片倉主膳に逢ってみますか……」

平八郎は、不敵な笑みを浮かべた。


片倉主膳は、戸惑いと苛立ちを滲ませていた。

書院に通され、既に半刻は過ぎている。

「おのれ……」

片倉は、苛立《いらだ》たしげに冷たくなった茶をすすった。

「やあ、叔父上……」

不意に平八郎が入って来た。

片倉は、思わず狼狽えた。

「お待たせしましたな」

平八郎は、苦笑しながら上座に座った。

「お、おぬし……」

片倉は、平八郎に戸惑いの眼差しを向けた。

「兄の左馬之介にございます」

由衣が入って来た。

「左馬之介……」

片倉は、平八郎の顔を見詰め、少年の頃の左馬之介の面影《おもかげ》を探した。

「叔父上、無沙汰《ぶさた》を致しました」

平八郎は、左馬之介を装って挨拶をした。

「う、うむ……」

片倉は、戸惑った面持ちで頷いた。

「風雨に晒《さら》され、世間に揉まれながら諸国を巡り歩いての十二年。この左馬之介、子供から大人になりましたぞ」

平八郎は、薄笑いを浮かべて押さえ付けるかのように告げた。

「そうか……」

片倉は、機先を制されたのに狼狽えた。

「さて、叔父上……」

平八郎は、片倉を見据えた。

「髪も少なくなり、随分と老けられましたな」

平八郎は、遠慮の欠片《かけら》もみせずに笑った。

「そ、それより左馬之介。おぬし、今頃、何しに……」

「これは異な事を。叔父上、私が自分の屋敷に帰って来ただけですが、何か不都合でもありますかな」

平八郎は、片倉の腹の内を見透かすように見据えた。

「いや。不都合などないが……」

片倉は、慌てて言い繕《つくろ》った。

「それに何と申しても、風の便りに父の病を聞きましてね。それで十二年振りに帰って来ましたよ」

「そうか……」

片倉は頷いた。

「で、誰が報せました」

平八郎は、不意に斬り込んだ。

「えっ……」

片倉は戸惑った。

「誰が、私が戻った事を叔父上に報せたのですかな」

「それは、偶々《たまたま》訪れたら、左馬之介が戻っていたのだ」

片倉は、辛うじて斬り込みを躱した。

「では叔父上さま、私どもに何か御用でも……」

由衣は、続いて斬り込んだ。

「いや。御用と云うより、義兄上のお見舞いにな……」

片倉は、由衣の斬り込みも躱した。

「そうですか……」

由衣は、平八郎を窺った。

「それはそれは。私の留守中、何かとお世話になっているようですな」

「いや。何と申しても親類。礼には及ばぬ」

片倉は、懸命に態勢を立て直そうとした。

「だが、それも今日迄、この左馬之介が戻ったからには、もう叔父上に面倒はお掛け致しませぬ。御安心下され」

平八郎は突き放した。

「そうか……」

片倉は、微かな落胆を過らせた。

「左馬之介さま、由衣さま……」

用人の森田金兵衛がやって来た。

「どうした」

「はい。お殿さまがお目覚めになられましてございます」

土屋采女正が、眠りから目覚めた。

「そうですか、兄上……」

由衣は、平八郎を窺った。

「うむ。十二年振りに逢う父上に詫びを入れるか……」

大芝居の見せ場だ。

平八郎は、秘かに武者震いをした。

「ならば、儂も同席しよう……」

片倉は云い出した。

「叔父上さま、父と子の久々の対面、此処は御遠慮下さいませ」

由衣は、厳しく遮った。

「何を申す由衣……」

片倉は、怒りを滲ませた。

「由衣、ま、良いではないか……」

「兄上……」

由衣は、不安に駆られた。

父上の記憶が如何に定かではなくとも、平八郎が左馬之介の替え玉だと見抜く恐れはあるのだ。

由衣は、平八郎の真意を探った。

平八郎は頷いた。

伸《の》るか反るかの大芝居は始まっているのだ。

自信を持って演じなければ、見物人は納得しない。

平八郎は、覚悟を決めた。

「久々の父子の対面。叔父上に貰い泣きして戴いた方が、後々面倒もあるまい」

平八郎は、屈託なく笑った。

寝間は薄暗く、薬湯の臭いに満ちていた。

土屋家当主の采女正は、由衣と森田の介添えで蒲団《ふとん》の上に身を起こした。

平八郎は平伏した。

片倉は、脇に控えて見守った。

「父上、兄上がお戻りになりました」

由衣は、采女正に告げた。

「あ、兄上だと……」

采女正は、白髪眉をひそめて不自由な口で訊き返した。

「はい。兄上の左馬之介にございます」

「おお、左馬之介か……」

采女正は、不自由な言葉を弾ませた。

「お父上、左馬之介、只今戻りました」

平八郎は、平伏したまま告げた。

「うむ。左馬之介、面《おもて》をあげい」

「はっ……」

平八郎は、ゆっくりと顔をあげて采女正を見詰めた。

采女正は、病に窶《やつ》れた面持ちで平八郎の顔を覗き込んだ。

由衣、森田、片倉は、息を飲んで采女正の反応を待った。

采女正は、平八郎を見詰めた。

平八郎は微笑んだ。

「おう。左馬之介、戻ったか、左馬之介……」

采女正は、平八郎の手を握り締め、言葉を縺《もつ》れさせて喜びを露《あら》わにした。

「はい。父上、子供の時とは申せ、父上に抗って屋敷を飛び出し、十二年にも及ぶ親不孝、どうかお許し下さい」

平八郎は、左馬之介として頭を下げて采女正に詫びた。

「うむ。良く帰った左馬之介。本当に良く帰って来てくれたな、左馬之介……」

采女正は、平八郎の手を握り締めてすすり泣き始めた。

「父上……」

平八郎は項垂れた。

十二年振りの対面の俄芝居は、どうやら上手くいった。

平八郎は、秘かに安堵した。

片倉は、困惑した面持ちで采女正と平八郎を見守った。

采女正はすすり泣いた。そして、不意に咳《せ》き込み始めた。

「父上……」

「と、殿……」

由衣と森田は、慌てて采女正の背を摩《さす》った。

采女正は、苦しげに咳き込み続けた。

「由衣さま、殿を……」

「はい。父上、横になりましょう……」

由衣と森田は、苦しく咳き込む采女正を寝かせた。

「ならば叔父上、我らはこれにて……」

「う、うむ……」

平八郎は、片倉を促して采女正の寝間を後にした。

采女正の咳き込みは続いた。


片倉主膳は帰り、土屋屋敷に夕陽が差し込み始めた。

平八郎は、濡縁に座って夕陽を浴びていた。

采女正は、本当に俺を一人息子の左馬之介だと思ったのか……。

叔父の片倉主膳は、俺を左馬之介だと信じたか……。

何《いず》れにしろ、片倉主膳は土屋家の家督を狙っているのに間違いはない。

さあて、どうする……。

平八郎は、想いを巡らせた。

「兄上……」

由衣が、茶を持って来た。

「おお。父上は落ち着かれましたか」

「はい。又、眠られました。どうぞ……」

「忝《かたじけな》い。そうですか、眠られたか……」

「はい。何はともあれ、父上も喜んでいました。ありがとうございます」

由衣は、平八郎に礼を述べた。

「由衣さん……」

「兄上、屋敷内では由衣です」

由衣は、慌てて声をひそめた。

「そうだったな。では、由衣、叔父上の片倉主膳だが、俺を左馬之介だと信じたかな」

「あの叔父上の事です。容易に信じはしないでしょう」

由衣は眉をひそめた。

「ならば、俺の身辺に探りを入れるかもしれないな」

平八郎は読んだ。

「きっと……」

由衣は頷いた。

「よし。ならば、こっちもそれなりの手を打つか……」

「それなりの手ですか……」

由衣は、平八郎に怪訝な眼を向けた。

「うむ。処で由衣。片倉は己の倅《せがれ》の小次郎を由衣の婿にしようとしているのか……」

「はい。用人の森田金兵衛にそれとなく云って来たそうです」

「で、由衣は如何なのだ」

「冗談《じょうだん》ではございませせぬ。あのような軟弱な愚《おろ》か者は……」

由衣は、嫌悪《けんお》を露わにした。

「ほう。由衣は片倉小次郎が嫌いなのだな」

平八郎は苦笑した。

「それはもう。子供の頃から顔を見ただけで寒気がしました」

「そんなに嫌いなのか……」

「はい。兄上も小次郎を嫌い、突き飛ばしたり叩いたり、ある時などはおしっこを掛けたりしていました」

「おしっこを……」

平八郎は驚いた。

「ええ、屋根の上から遊びに来た小次郎に……」

「そいつは申し訳ない事をしたな」

平八郎は、まるで自分のした事のように恐縮した。

由衣は苦笑した。

「じゃあ、小次郎は兄上を嫌っていたのでしょうな」

「本当は嫌っていたのでしょうが、表向きは違っていました」

「違っていた……」

平八郎は戸惑った。

「はい。小次郎は兄上の腰巾着でした」

「腰巾着……」

「ええ。何をされてもへらへらしている腰巾着でした」

「普通じゃあ考えられぬが、何故かな……」

「私もそう思い、兄上に訊いたのです。そうしたら兄上は、小次郎が盗みを働くのを見て咎《とが》めたそうなのです。以来、小次郎は兄上の腰巾着になったとか……」

「まさか、盗みをしたと脅したのでは……」

「いいえ。そんな真似をする兄上では……」

「ならば、盗みを口外されたくない一心で御機嫌取りの腰巾着になったのかな」

平八郎は読んだ。

「だとしたら、何と卑屈な……」

由衣は、嫌悪を通り越して怒りを滲ませた。

「それから十二年。小次郎、今は……」

「部屋住み仲間と遊び歩いていると云う噂を聞いた事があります」

「成る程……」

片倉主膳と小次郎、探り甲斐《がい》がありそうだ。

平八郎は嘲笑を浮かべた。

日は暮れ、一幕目はどうにか終わった。

三

土屋屋敷の朝はお地蔵長屋とは違い、おかみさんたちの笑い声もなく静かだった。

二幕目が始まった。

平八郎は、采女正の許に由衣と一緒に朝の挨拶に訪れた。

采女正は、平八郎の挨拶を受けても焦点の定まらぬ眼で頷くだけだった。そこには、昨日の涙の対面の残滓《ざんし》もなかった。

平八郎は、老下男の作造を呼び、浅草駒形町の鰻屋『駒形鰻』の若旦那に手紙を届けるように頼んだ。

作造は、手紙を持って浅草に向かった。

「左馬之介さま……」

用人の森田金兵衛がやって来た。

「何ですか……」

「家中の主だった者が、お目通りを願っておりましてな。如何致しますか」

家臣が主に目通りを願うのは、おかしな事ではない。

「由衣は何と申しているのだ」

「黙っている訳には参らぬだろうと……」

「ま、そうでしょうね。分かりました。逢いましょう」

平八郎は頷いた。


土屋屋敷は用人の森田金兵衛以下、勘定頭、納戸頭、お側頭が取り仕切っていた。

「勘定頭の白木京之助《しらききようのすけ》、納戸頭の田原修一郎《たはらしゆういちろう》、お側頭の横塚隼人《よこづかはやと》にございます」

森田は、平八郎に三人を引き合わせた。

白木、田原、隼人は平伏した。

「うむ。顔をあげてくれ」

平八郎は命じた。

白木と田原は、左馬之介が家出をしてから奉公した中年だ。そして、横塚は先祖代々の家臣であり、隼人は由衣と同じ歳の若者で十二年前は八歳の子供だった。

「留守の間、良く勤めてくれた。礼を申す」

平八郎は頭を下げた。

白木、田原、隼人は、慌てて平伏した。

「何分にも帰り新参だ。宜しく頼む」

平八郎は笑った。

老舗鰻屋『駒形鰻』は、金龍山浅草寺《きんりゅうさんせんそうじ》の参拝帰りの馴染客で賑わっていた。

長次は、伊佐吉に渡された平八郎からの手紙を読み終えた。

「読みましたかい……」

伊佐吉は、小さな笑みを浮かべた。

「ええ。平八郎さんが二千石の旗本の若さまとは……」

長次は苦笑した。

「どんな若さまか。で、本郷弓町の旗本、片倉主膳と部屋住みの小次郎ですが、ちょいと調べてくれませんかい」

「はい……」

「何かあれば、平八郎の旦那の云ってきた通りに頼みます」

「承知しました」

長次は頷いた。

勘定頭の白木京之助、納戸頭の田原修一郎、お側頭の横塚隼人……。

この三人の中に、片倉主膳に通じている者がいる。

平八郎は睨み、由衣に三人の様子を尋ねた。

「おそらく白木と田原のどちらかです」

由衣は睨んだ。

「横塚は……」

「兄上、横塚隼人は違います」

由衣は、遮るように云い切った。

「ほう、隼人は違うか……」

平八郎は、由衣の勢いに戸惑った。

「はい。横塚家は先祖代々の忠義一途の家臣。隼人は幼い頃から優しくて誠実な者です」

由衣の言葉には、力が込められていた。

「そうか、由衣と隼人は歳も同じの幼馴染みか……」

「は、はい……」

由衣は、何故か頰を赤らめて頷いた。

おっ……。

平八郎は、由衣の僅かな変化に気付いた。

「左馬之介さま……」

森田が書状を手にし、平八郎の許にやって来た。

「どうしました……」

「今、片倉小次郎の使いの者が、これを……」

森田は、平八郎に書状を差し出した。

「小次郎……」

平八郎は、書状を開いて読んだ。

書状には、子供の頃、世話になったお礼に不忍池の畔の料理屋に招きたいと書き記されていた。

平八郎は、書状を由衣に渡した。

「如何されますか……」

森田は、平八郎を窺った。

「由衣はどう思う」

「小次郎、父親の主膳に命じられて何かを企んでいるやも……」

由衣は、書状を読み終えて厳しさを浮かべた。

「おそらくな……」

平八郎は頷いた。

「では……」

森田は緊張した。

「ま、そいつは出た処勝負だな」

平八郎は笑った。

「じゃあ……」

由衣は、身を乗り出した。

「うむ。何事も前に進まなければ、埒《らち》は明かぬ……」

平八郎は、不敵に云い放った。

本郷弓町の片倉屋敷は表門を閉ざしていた。

長次は、周辺の旗本屋敷の中間小者や出入りの商人に片倉屋敷の評判を訊き廻った。

片倉屋敷の評判は悪かった。

当主の主膳は、かつては納戸頭の役目に就《つ》いていたが、出入り業者に多額の賄賂《まいない》を要求してお役御免になっていた。そして、最も評判が悪いのは、部屋住みの小次郎だった。

小次郎は、飲む打つ買うの遊び人であり、悪い仲間と強請《ゆすり》たかりを働いているとの噂もあった。

陸《ろく》な野郎じゃあない……。

長次は、聞き込みを続けた。

未の刻八つ（午後二時）の鐘が鳴った。

片倉屋敷の潜り戸が開き、羽織袴姿の若い武士が出て来た。

「小次郎の奴、珍しい恰好をしていやがる」

斜向かいの旗本屋敷の中間は嘲笑った。

「野郎が片倉小次郎かい……」

長次は尋ねた。

「ああ。一人前の形《なり》をして騙《かた》りを働きにでも行くのかな」

中間は吐き棄てた。

小次郎は、屋敷を出て本郷通りに向かった。

長次は、斜向かいの旗本屋敷の中間部屋を出て小次郎を追った。


夕暮れ時が近付いた。

平八郎は、土屋屋敷の式台を降りた。

「お気を付けて……」

由衣は、森田と共に心配げに見送った。

「うん。心配するな」

平八郎は玄関を出た。

玄関先には、横塚隼人が控えていた。

「参るぞ、隼人……」

「はっ……」

隼人は立ち上がった。

「隼人、兄上をお願いしましたよ」

由衣は、隼人に頼んだ。

「心得ました」

隼人は、力強く頷いた。

平八郎は、隼人を供にして不忍池の畔の料理屋『松葉屋《まつばや》』に向かった。

淡路坂を下り、神田八ッ小路《やこうじ》を抜けて神田川に架かる昌平橋を渡り、明神下の通りを不忍池に向かう。

平八郎は、隼人を従えて明神下の通りを進んだ。

「隼人、おぬし、妻はいるのか……」

平八郎は、不意に尋ねた。

「つ、妻など未だおりません」

隼人は狼狽えた。

「ならば、どんな女が好みだ……」

「どんな女……」

隼人は戸惑った。

「ああ。大柄小柄、痩せたの肥ったの、色気のあるなし……」

「分かりません」

隼人は、怒ったような声音で答えた。

「そうか……」

どうやら、隼人に女っ気はなさそうだ。

「で、隼人、由衣をどう思う」

平八郎は、不意に尋ねた。

「ゆ、由衣さまですか……」

「うむ……」

「由衣さまは、お優しくてしっかりされていて……」

「良い女か……」

「はい……」

隼人は思わず頷き、僅かに頬を赤らめた。

「そうか……」

隼人は、由衣に憧れを抱いている。

平八郎は苦笑した。

やって来たおかみさんが、平八郎の顔を見て怪訝な面持ちになった。

拙い……。

平八郎の住むお地蔵長屋は、明神下の通りの裏通りにある。おかみさんは、そのお地蔵長屋に住んでいる大工の女房のおこんだった。

平八郎は、思わず足を速めた。


不忍池に西日が映えていた。

平八郎と隼人は、畔にある料理屋『松葉屋』に向かった。

料理屋『松葉屋』の前に長次がいた。

長次は、片倉主膳と小次郎を探っている筈だ。その長次が料理屋『松葉屋』の前にいたと云う事は、小次郎を追って来たからに他ならない。

平八郎は読んだ。

長次は、平八郎に会釈をして料理屋『松葉屋』の前から立ち去った。

平八郎は、隼人を従えて料理屋『松葉屋』の暖簾を潜った。そして、女将に案内されて座敷に入った。

片倉小次郎が待っていた。

平八郎は上座に座り、隼人は脇に控えた。

「待たせたな、おぬしが小次郎か……」

平八郎は、小次郎に笑い掛けた。

「はい。左馬之介さまには御無事のお帰り、祝着至極にございます」

小次郎は、平八郎を見詰めて告げた。

見詰める眼には、狡猾さと怯えが入り混じっていた。

俺が本物の左馬之介かどうか、見定めようとしていやがる……。

平八郎は、秘かに笑った。

「うむ。小次郎も立派な武士になったようだな。確か俺より三つ下だから二十三歳か……」

平八郎は笑った。

「はい。左様にございます……」

「お邪魔致します」

女将と仲居たちが、料理と酒を持って来た。

平八郎と小次郎は、酒を飲んで料理を食べ始めた。

隼人は、料理を食べて酒を控え目に飲んだ。

「処で左馬之介さま、十二年もの間、何処に」

「うむ。諸国を巡り歩いていた……」

「諸国を……」

「左様……」

平八郎は、北は常陸《ひたち》、西は相模《さがみ》辺り迄しか行った事はない。しかし、小次郎は江戸から一歩も出た事はない筈だ。

平八郎は、諸国の様子を適当に語った。

「処で左馬之介さま、子供の頃の事を覚えておいでですかな……」

小次郎は、平八郎に探る眼を向けた。

「子供の頃の事か……」

「はい……」

「ま、それなりにな……」

「それなりに……」

小次郎は眉をひそめた。

「ああ。おぬしを殴ったり蹴飛ばしたり、申し訳のない真似をしたものだな」

平八郎は、小次郎に笑い掛けた。

「いえ。何分にも子供の頃の事です。私は気にはしておりませんよ」

小次郎は、已の器の大きさを気取って笑みを浮かべた。

「そうか、気にしていないか……」

「はい……」

小次郎は頷いた。

「ならば、俺が屋根の上からおぬしに尿《いばり》を掛けた事も気にしてはいないか……」

隼人は驚いた。

小次郎は、流石に顔色を変えた。

「許してくれるのだな」

平八郎は、笑みを浮かべて酒を飲んだ。

一瞬、小次郎の眼に殺気が過った。

平八郎は気付いた。

左馬之介を殺したい程に恨んでいる……。

「はい。左馬之介さま、私は子供の頃から実の兄より左馬之介さまをお慕《した》い申し上げておりました」

小次郎は、殺気の欠片も窺わせずに微笑んだ。

微笑みには狡猾さが滲んでいた。

下手な芝居をしやがって……。

平八郎は、左馬之介が小次郎を苛《いじ》めた気持ちが何となく分かった。

「そうか。ま、飲むが良い……」

平八郎は、小次郎に酌をしてやった。

「畏れいります」

小次郎は、平八郎に注がれた酒を飲んだ。

所詮、偽者と狡賢《ずるがしこ》い野郎の騙し合い……。

平八郎は、酒を飲みながら俄芝居を楽しんだ。

座敷の障子は夕陽に染まり、やがて夕闇に変わっていった。


不忍池には月明かりが映えていた。

平八郎は、小次郎と料理屋の女将たちに見送られ、隼人を従えて料理屋を出た。

夜風は、平八郎から酔いを抜いてくれた。

「隼人、小次郎は今も屋敷に出入りしているそうだな」

「はい。屋敷に来ては、まるで主のように振る舞っております」

隼人は、腹立たしげに告げた。

「それは何故だ……」

「由衣さまの婿となり、土屋家の家督を継ぐからだと、専《もっぱ》らの噂です」

隼人の言葉には、悔しさが滲んでいた。

「その噂、隼人は誰に聞いたのだ」

「勘定頭の白木さまです」

「白木京之助か……」

白木は片倉主膳と通じており、家中に噂を広めて地均《じなら》しをしているのかもしれない。

だとしたら、左馬之介帰参を逸早《いちはや》く片倉主膳に報せたのは白木……。

平八郎は読んだ。

行く手の月明かりが揺れた。

平八郎は、微かな殺気を感じた。

「隼人、離れるな……」

「えっ……」

隼人は戸惑った。

四人の浪人が闇から現われ、平八郎と隼人を取り囲んで刀を抜き払った。

刀は月明かりに煌めいた。

「土屋左馬之介に何か用か……」

　平八郎は苦笑した。

「命を戴く……」

　浪人の頭分は、嘲りを浮かべて凄んだ。

「おのれ、曲者《くせもの》……」

　隼人は熱《いき》り立ち、刀の柄を握り締めて平八郎を庇おうとした。

「落ち着け……」

　平八郎は、隼人を制して前に出た。

「は、はい……」

　隼人は、不服げに頷いた。

「おぬしたち、片倉小次郎に幾らで雇われた」

　平八郎は、笑顔で尋ねた。

　四人の浪人は、思わず顔を見合わせた。

「一両か二両、良くて三両。ま、そんな処だな……」

　平八郎はからかった。

「黙れ……」

浪人の頭分が苛立ち、平八郎に猛然と斬り掛かった。

平八郎は無造作に踏み込み、抜き打ちの一刀を放った。

放たれた一刀は閃光となり、斬り掛かった浪人の頭分の刀を握る腕を斬り飛ばした。

斬り飛ばされた刀を握る腕は夜空を舞って不忍池に落ち、水飛沫《みずしぶき》を月明かりに煌めかせた。

神道無念流の見事な一刀だった。

浪人たちは驚愕《きようがく》し、隼人は呆然とした。

腕を斬られた浪人の頭分は、身体の均衡を失って倒れ、獣のように泣き喚《わめ》いて血を振り撒いた。

浪人たちは我に返った。

「次は誰だ……」

平八郎は、浪人たちに笑い掛けた。

浪人たちは怯えた。

「そっちから来ないのなら、俺の方からいくが、斬られるのは腕か脚かどちらが良い。遠慮なく申せ」

平八郎は、笑顔で刀を空に一閃した。

切っ先から血の雫《しずく》が飛んだ。

浪人の一人が、平八郎に鋭く斬り込んだ。

平八郎は、僅かに身を開いて斬り込みを躱し、浪人の脚を斬った。

浪人は、脚を斬られて前のめりに倒れた。

残る二人の浪人は怯え、激しく震えた。

呼子笛の音が、夜空に甲高く鳴り響いた。

長次が何処かから見ている……。

平八郎は気付いた。

「これ以上の斬り合いは只の殺生。役人が来る前に怪我人を医者の処に担ぎ込むが良い」

平八郎は、刀に拭いを掛けて鞘《さや》に納め、歩き出した。

隼人は続いた。

残った浪人たちは、慌てて道を開けた。

平八郎は、不忍池の畔から明神下の通りに進んだ。

明神下の通りに人影はなかった。

平八郎と隼人は、神田川に架かる昌平橋に向かった。

「左馬之介さま。小次郎さまは、左馬之介さまを亡き者にしようとしているのですね」

「俺がいると、土屋家の家督、己の物にならぬと思っての所業だろう」

「はい。左馬之介さま、小次郎さまの闇討ち、主膳さまは御存知なのでしょうか」

「勿論、承知の上。寧《むし》ろ主膳の指図かもしれぬ」

平八郎は睨んだ。

「おのれ……」

隼人は、怒りを露わにした。

「隼人、此の事、由衣や森田以外には他言無用だぞ」

「心得ました」

「それにしても、愚かな真似をするものだ」

平八郎は呆れた。

行く手に昌平橋が見えた。

昌平橋を渡り、神田八ッ小路を抜け、淡路坂をあがれば土屋屋敷だ。

俄芝居の二幕目は終わった。

四

三幕目が始まった。

平八郎は、由衣と共に土屋采女正の寝間に朝の挨拶に訪れた。

土屋采女正は、微かな寝息を立てて眠っていた。

「お父上、お父上さま……」

由衣は、采女正を起こした。

采女正は、横になったまま眼を覚ました。

「父上、兄上と由衣にございます」

「父上、おはようございます」

平八郎と由衣は、采女正に朝の挨拶をした。

「うむ……」

采女正は虚《うつ》ろな面持ちで頷き、再び眼を瞑って寝息を立て始めた。

平八郎と由衣は、采女正の寝間から退がった。

平八郎は、小次郎と逢った時の様子を由衣に話した。

「まあ、何と卑屈な……」

由衣は眉をひそめた。

「それもこれも、左馬之介に気に入られて由衣の婿に納まりたい一心だ」

平八郎は笑った。

「兄上、戯《ざ》れ言《ごと》を仰っている場合ではありませぬ。帰りに闇討ちに遭ったとか……」

由衣は、逸早く隼人から聞きだしていた。

「うむ。浪人が四人、小次郎に金で雇われて俺を殺そうと襲い掛かって来た」

「それを見事に斬り払ったそうですね」

由衣は、大きな眼を輝かせた。

「まあな……」

平八郎は照れた。

「左馬之介さま……」

老下男の作造が、庭先にやって来た。

「なんですか、作造……」

「はい。只今、門前に長次と申される旅の方がお見えにございます」

作造は、戸惑った面持ちで告げた。

「長次さんか、此処に通してくれ」

平八郎は命じた。

「はい……」

作造は、庭先から出て行った。

「長次さんとは……」

「うん、頼りになる人でな。片倉主膳と小次郎を秘かに探ってくれている」

「まあ……」

由衣は、大きな眼を丸くして驚いた。

「左馬之介さま……」

作造が、道中姿の長次を庭先に誘って来た。

「作造、茶を頼む」

「はい……」

作造は、庭先から出て行った。

「やあ、長次さん。昨夜はどうも。造作を掛けますね」

平八郎は、長次の道中姿に微笑んだ。

「片倉に通じている奴がいたら拙いですからね。左馬之介さんを追って旅をして来たって形ですよ」

長次は苦笑した。

「流石は長次さん、抜かりはありませんね」

「そちらが由衣さまですか……」

「うん。由衣、こちらが長次さんだ」

「土屋由衣にございます。此度はお世話になっております」

由衣は、長次に手を突いて挨拶をした。

「これは畏れいります、長次と申します」

「で、長次さん、昨夜の浪人たちは……」

平八郎は尋ねた。

「小次郎の奴が、松葉屋に行く前に湯島天神の飲み屋で雇った浪人どもですよ」

「卑怯《ひきよう》な真似を……」

由衣は吐き棄てた。

「それで、片倉主膳と小次郎ですがね。評判の悪い奴らですよ」

長次は呆れた。

「だろうな……」

「取立てて小次郎は、強請たかりも働いているとか。で、昨夜の浪人どもの住処《すみか》は突き止めましたが、どうします……」

長次は、平八郎を窺った。

「さあて、どうするか……」

平八郎は眉をひそめた。

「浪人どもをお縄にして何もかも吐かせ、南の御番所の高村さまに報せて、小次郎をお目付に訴えて貰いますか……」

「長次さん、そいつが片倉主膳と小次郎を始末するのに一番手っ取り早いでしょうが、そうすれば、この土屋家にも累が及び、只では済まないでしょうね」

「そうか……」

長次は眉をひそめた。

「兄上、長次さん、この土屋家、末はどうなっても構いませんが、せめて父上の生きている間は……」

由衣は、平八郎と長次に頭を下げて頼んだ。

「由衣さま……」

長次は慌てた。

「心配するな由衣。この始末、必ず上手く付けてやる」

平八郎は不敵に云い放った。


本郷弓町の旗本屋敷街に人通りは少なかった。

平八郎は、お側頭の横塚隼人を従えて片倉屋敷の前に佇んだ。

片倉屋敷は表門を閉じていた。

「左馬之介さま……」

隼人は、平八郎を不安げに見た。

「心配するな隼人。いざとなればさっさと逃げ出す迄だ。良いな」

平八郎は笑った。

「はい……」

隼人は、緊張した面持ちで頷いた。

「ならば行くぞ」

平八郎は告げた。

「はい……」

隼人は、表門脇の潜り戸を叩いた。

平八郎は、背後を見廻した。

長次が、向かい側の旗本屋敷の土塀の陰にいた。

平八郎は、長次に笑って見せた。


片倉屋敷の書院は、薄暗くて冷え冷えとしていた。

平八郎は、隼人と共に書院に通された。

僅かな時が過ぎ、隣室に微かな人の気配がした。

おそらく小次郎と家来たちが、万一に備えて身を潜めたのだ。

平八郎は、そう睨んで苦笑した。

片倉主膳が、書院にやって来た。

「待たせたな、左馬之介……」

「これは叔父上、突然の訪問、お許し下さい」

「いや。して、何用かな……」

主膳は、平八郎に探る眼を向けた。

「昨夜、小次郎と不忍池の畔の料理屋で逢いましてね」

「うむ。それは小次郎から聞いている」

主膳は頷いた。

「で、その帰り、食詰め浪人どもに闇討ちされましてな」

平八郎は、小さな笑みを浮かべた。

「闇討ちされた……」

主膳は、平八郎の笑みの真意が分からず微かな戸惑いを浮かべた。

「左様……」

「それで……」

「ま、食詰め浪人どもは追い払ったのですが、偶々居合わせた岡っ引が浪人どもを追い、何故に俺を闇討ちしたか吐かせたそうです」

平八郎は笑った。

「吐かせた……」

主膳は、顔色を変えた。

「ええ。で、食詰め浪人どもは、片倉小次郎に金で雇われての闇討ちだと……」

「な、なんと……」

主膳は狼狽えた。

「それで、南町奉行所の者どもが、片倉小次郎に闇討ちされる覚えはあるかと、俺の処に来ましてな」

「そ、それで左馬之介は何と……」

主膳は、微かな焦りを過らせた。

「さあて……」

平八郎は、主膳を厳しく見据えた。

主膳は、微かに身震いした。

「闇討ちに秘められた真相。南町奉行所の者から目付に報され、評定所扱いにでもなれば、小次郎と叔父上は切腹、片倉家の取り潰しは必定。ま、我が土屋家にはお咎めはないでしょうが、片倉家は何分にも亡き母の実家。取り潰されるのを黙って見ているのも気が引けましてね。それ故、こうして叔父上に相談をしに参上致した次第……」

平八郎は、冷笑を浮かべた。

「さ、左馬之介……」

主膳は、左馬之介が己の土屋家乗っ取りの企てを見抜いていると知り、喉を引き攣らせて声を嗄らした。

隣室の人の気配が揺らいだ。

「叔父上、闇討ちの一件、闇の彼方に葬《ほうむ》って欲しければ、片倉家の家督を嫡男精一《せいいち》郎《ろう》どのに譲り、御隠居されるのですな」

「い、隠居……」

主膳は戸惑った。

「左様。これ以上、愚かな事を企てぬように頭を丸めて出家でもされるが宜しい」

「さ、左馬之介……」

「何なら、俺が引導を渡してやろうか……」

平八郎は、厳しく云い放った。

主膳は、慌ててその場から逃れようとした。

刹那、平八郎は刀を取って一閃した。

主膳の髷が斬り飛ばされ、天井に当たって落ち、不格好に拉《ひし》げた。

主膳は、呆然とした面持ちで凍《い》て付いた。

「さあて叔父上。隠居をされ、今後一切、土屋家に余計な差し出口はせぬと約束されますかな……」

「する。約束する……」

主膳は、恐怖に震えた。

「ならば、誓紙に名を書き、爪印《つめいん》を押して戴こう。隼人……」

「はい……」

隼人は、懐から誓紙を出した。

誓紙には、土屋家家督の簒奪《さんだつ》を企てた詫びと、今後一切余計な手出しはせぬと書き記されていた。

「さあ、名を書き、爪印を押されるが良い」

平八郎は促した。

主膳は、喉を鳴らして頷き、誓紙に名を書いて爪印を押した。

「よし。隼人……」

「はっ……」

隼人は、誓紙を懐に入れた。

主膳は、力なくその場に座り込んだ。

隣室の人の気配が揺れ、殺気が湧《わ》いた。

平八郎は、隣室の襖に向かって白刃を横薙ぎに一閃した。

隣室の殺気が震え、一気に退いた。

「小次郎、これ以上の愚かな真似は命を失うものと知れ。良いな」

平八郎は、隣室に告げて書院を出た。

隼人が、身構えながら続いた。

隣室の襖が二つに斬られて倒れ、呆然と立ち竦む小次郎と家来たちが露わになった。

髷を斬り飛ばされた主膳は、ざんばら髪を小刻みに震わせながら座り込んでいた。

潰れた髷は醜《みにく》かった。

平八郎と隼人は、片倉屋敷を出た。

片倉屋敷は、息を潜めているかのような静けさに覆われていた。

平八郎は、土塀の陰にいる長次に笑って見せた。

長次は、平八郎と隼人が帰った後の片倉屋敷の動きを見張る手筈だ。

「さあ、隼人、帰るぞ……」

「はい……」

平八郎は、隼人を従えて本郷の通りに向かった。

平八郎は、由衣に片倉主膳の誓紙を差し出した。

「叔父上の誓紙……」

由衣は戸惑った。

「左様。今迄の事を詫び、今後一切土屋家に手出しはせぬと約束した誓紙だ」

「兄上……」

「そして、主膳は隠居し、片倉家を嫡男精一郎どのに譲ると約束した。これで、土屋家への愚かな手出し、なくなるだろう」

「忝《かたじけの》うございます」

由衣は、平八郎に頭を下げた。

「なあに、こいつも礼金の内だ」

平八郎は笑った。

「由衣さま……」

用人の森田金兵衛がやって来た。

「どうしました」

「殿がお目覚めになられました」

「そうですか。では、兄上……」

「うむ。俺も後から御機嫌伺いに行く」

「はい……」

由衣は、平八郎に会釈をして采女正の寝間に向かった。

「左馬之介さま、事の次第は隼人に聞きました。何とお礼を申しあげて良いやら……」

森田は頭を下げた。

「それより森田。勘定頭の白木京之助を早々に放逐すべきだな」

「ならば、片倉と通じていたのは白木……」

「左様。利によって主を裏切る愚か者。放って置けば、当家に禍を及ぼすは必定。斬り棄てられぬだけ、運が良かったと思えとな……」

「心得ました。では……」

森田は立ち去った。

「左馬之介さま……」

隼人がやって来た。

「由衣さまが、殿の寝間にお越し下さいとの事です」

「心得た」

平八郎は、采女正の寝間に向かった。

采女正は、由衣の介添えで薬湯を飲んでいた。

「父上……」

平八郎は、采女正に挨拶をした。

采女正は、薬湯を飲み終えて平八郎を一瞥した。

違う……。

平八郎は、采女正の眼に精気が溢れているのに気付いた。

「話は由衣に聞いた。ようしてくれた。礼を申す……」

采女正は、呂律《ろれつ》の廻らぬ口でそれだけを云い、静かに横たわって眼を瞑った。

采女正は気が付いている……。

平八郎の勘が囁いた。

采女正は、平八郎が左馬之介ではないのを知っているのだ。

平八郎は悟った。

由衣は、呆然とした面持ちで采女正を見詰めていた。

その顔に嘘はない……。

由衣も、采女正が平八郎を左馬之介ではないと気付いていたのを知らなかったのだ。

平八郎は見定めた。

采女正は、軽い寝息を立て始めた。

平八郎は、三幕目が終わったのを知った。

夜、平八郎は、おみねが洗濯をしてくれた古い着物に着替え、秘かに屋敷を出ようとした。

「兄上……」

由衣が現われた。

「由衣さんか……」

「何処に行かれます」

由衣は、平八郎の姿を見て戸惑った。

「役目は終わったようだ。自分のいるべき場所に帰る」

「そのような……」

「采女正さまは、俺が左馬之介でないのに気付いている」

「それは、私も驚きました」

由衣は眉をひそめた。

「つまり、雇われた仕事に関しては、俺の芝居は通用せず、役に立たなかった訳だ」

平八郎は苦笑した。

「でも……」

「左馬之介ではないと見抜かれた限り、雇われている事もあるまい。最早《もはや》これ迄。潮時だ」

「矢吹さま……」

由衣は、平八郎の本名を呼んだ。

「由衣さん、おそらく采女正さまは、未だ未だ大丈夫だ。兄上左馬之介の帰りを待ちながら横塚隼人を鍛えるのですね」

「隼人を……」

「左様。隼人は誠実で忠義な若者。由衣さんにも土屋家にもなくてはならない武士になるでしょう」

「はい……」

由衣は、嬉しげに頷いた。

「由衣さん、兄上の左馬之介はどうにも放浪癖が抜けぬようだ。皆にそう云うが良い。もし、どうしてもと云う用があるなら、口入屋の狸親父に伝えてくれ。じゃあな……」

平八郎は、庭に降りて夜の闇に向かった。

「ありがとうございました」

由衣は、深々と頭を下げて淋しげに見送った。

平八郎は、夜の淡路坂を下った。

神田川から吹き上げる風が、平八郎の鬢《びん》の解《ほつ》れ髪を揺らした。

俄芝居の幕は降りた。

一〇〇字書評

切・り・取・り・線

購買動機（新聞、雑誌名を記入するか、あるいは○をつけてください）

□（　　　　　　　　　　　　　　）の広告を見て
□（　　　　　　　　　　　　　　）の書評を見て
□ 知人のすすめで　　　□ タイトルに惹かれて
□ カバーが良かったから　　　□ 内容が面白そうだから
□ 好きな作家だから　　　□ 好きな分野の本だから

・最近、最も感銘を受けた作品名をお書き下さい

・あなたのお好きな作家名をお書き下さい

・その他、ご要望がありましたらお書き下さい

住所	〒				
氏名		職業		年齢	
Eメール	※携帯には配信できません	新刊情報等のメール配信を 希望する・しない			

この本の感想を、編集部までお寄せいただけたらありがたく存じます。今後の企画の参考にさせていただきます。Eメールでも結構です。

いただいた「一〇〇字書評」は、新聞・雑誌等に紹介させていただくことがあります。その場合はお礼として特製図書カードを差し上げます。

前ページの原稿用紙に書評をお書きの上、切り取り、左記までお送り下さい。宛先の住所は不要です。

なお、ご記入いただいたお名前、ご住所等は、書評紹介の事前了解、謝礼のお届けのためだけに利用し、そのほかの目的のために利用することはありません。

〒一〇一・八七〇一
祥伝社文庫編集長　坂口芳和
電話　〇三（三二六五）二〇八〇

祥伝社ホームページの「ブックレビュー」からも、書き込めます。
http://www.shodensha.co.jp/bookreview/

祥伝社文庫

にわか芝居《しばい》 素浪人稼業《すろうにんかぎよう》

平成27年2月20日　初版第1刷発行

著　者　藤井邦夫《ふじいくにお》
発行者　竹内和芳
発行所　祥伝社《しようでんしや》
東京都千代田区神田神保町3-3
〒101-8701
電話　03（3265）2081（販売部）
電話　03（3265）2080（編集部）
電話　03（3265）3622（業務部）
http://www.shodensha.co.jp/

印刷所　萩原印刷
製本所　積信堂
カバーフォーマットデザイン　中原達治

 ISBN978-4-396-34095-7 C0193

祥伝社文庫の好評既刊

藤井邦夫
素浪人稼業
神道無念流《しんとうむねん》の日雇い萬《よろず》稼業・矢吹平八郎《やぶきへいはちろう》。ある日お供を引き受けたご隠居が、浪人風の男に襲われたが……。

藤井邦夫
にせ契り 素浪人稼業②
人助けと萬稼業、その日暮らしの素浪人・矢吹平八郎が、神道無念流の剣をふるい、腹黒い奴らを一刀両断！

藤井邦夫
逃れ者 素浪人稼業③
長屋に暮らし、日雇い仕事で食いつなぐ、萬稼業の素浪人・矢吹平八郎。貧しさに負けず義を貫く！

藤井邦夫
蔵法師 素浪人稼業④
平八郎と娘との間に生まれる絆。それが無残にも破られたとき、復讐に燃えた平八郎が立つ！

藤井邦夫
命懸け 素浪人稼業⑤
届け物をするだけで一分の給金。金に釣られて引き受けた平八郎は襲撃を受け包囲されるが……!!

藤井邦夫
破れ傘 素浪人稼業⑥
頼まれた仕事は、母親と赤ん坊の家族になること？　だが、その母子の命を狙う何者かが現われ……。

祥伝社文庫の好評既刊

井川香四郎　**鉄の巨鯨**　幕末繁盛記・てっぺん③

〝てっぺん〟目指す鉄次郎の今度の夢は鉄船造り！　誹謗《ひぼう》や与力の圧力、取り付け騒ぎと道険し！　夢の船出は叶うのか⁉

岡本さとる　**一番手柄**　取次屋栄三⑩

どうせなら、楽しみ見つけて生きなはれ。じんと来て、泣ける！〈取次屋〉誕生秘話を描く初の長編作品！

岡本さとる　**情けの糸**　取次屋栄三⑪

断絶した母子の闇を、栄三の取次が明るく照らす！　どこから読んでも面白い。これぞ読み切りシリーズの醍醐味。

岡本さとる　**手習い師匠**　取次屋栄三⑫

栄三が教えりゃ子供が笑う、まっすぐ育つ！　剣客にして取次屋、表の顔は手習い師匠の心温まる人生指南とは？

岡本さとる　**深川慕情**　取次屋栄三⑬

破落戸と行き違った栄三郎。男は居酒屋〝そめじ〟の女将お染と話していた相手だったことから……。

岡本さとる　**合縁奇縁**　取次屋栄三⑭

凄腕女剣士の一途な気持ちに、どう応える？　剣に生きるか、恋慕をとるか。ここは栄三、思案のしどころ！

祥伝社文庫　今月の新刊

渡辺裕之
デスゲーム 新・傭兵代理店
リベンジャーズ対イスラム国。戦慄のクライシスアクション。

西村京太郎
九州新幹線マイナス1
東京、博多、松江。十津川警部を翻弄する重大犯罪の連鎖。

天野頌子《しょうこ》
警視庁幽霊係と人形の呪《のろ》い
幽霊の証言から新事実が!? 霊感警部補、事件解明に挑む!

南　英男
怨恨《えんこん》 遊軍刑事《デカ》・三上謙《みかみけん》
殺人事件の鍵を握る〝恐喝相続人〟とは? 単独捜査行。

草凪　優
俺の女課長
美人女上司に、可愛い同僚。これぞ男の夢の職場だ!

山本一力
花明かり 深川駕籠《かご》
作者最愛のシリーズ、第三弾。涙と笑いが迸る痛快青春記!

藤井邦夫
にわか芝居 素浪人稼業
「私の兄になってください」武家娘の願いに平八郎、立つ。

聖　龍人
姫君道中 本所若さま悪人退治
東海道から四国まで。若さま、天衣無縫の大活躍!